Latizias Weg

Después de la lluvia sale el sol

von

Jaliah J.

Impressum

Alle Rechte am Werk liegen beim Autor
J., Jaliah
Latizias Weg - Después de la lluvia sale el sol

Berlin, Januar 2015
Erstauflage
Lektorat: Günter Bast, Paula, Annika, Sirin
Cover/Bildgestaltung: Klaud Design – Marie Wölk

Herstellung und Verlag:
BoD - Books on Demand, Norderstedt

ISBN 978-3-7347-4921-6
www.jaliahj.de

Dieses Buch ist all denen gewidmet, die wie ich niemals genug von Sierra und all den Menschen, die dort leben, bekommen können.

Kapitel 1

Latizia tritt vorsichtig an den Rand des Daches der Uni in Sierra und blickt auf die Stadt hinunter.

Ihre Mutter hat ihr erzählt, wie oft sie früher hier oben war, wie sehr ihr dieser Ort manchmal geholfen hat, ihren Kopf wieder neu zu ordnen und sie getröstet hat, wenn sie am Verzweifeln war.

Latizia muss lächeln, als sie daran denkt, dass ihre Mutter vor einigen Jahren genau wie sie hier stand. Sie hat recht, es tut gut. Latizia blickt auf Sierra hinab und wie das Leben sich dort unten fortbewegt. Es ist gut wieder hier zu sein, alle haben sich erholt.

Es ist die Normalität zurückgekehrt, so normal zumindest, wie es in einer Großfamilie wie ihrer sein kann. Damian, Sami, Kasim und Miguel sind gerade bei Jennifer in Schweden. Miguel geht es immer besser, er hat sich dazu bereit erklärt zu einer Psychologin zu gehen, um mit ihr die Dinge aufzuarbeiten, die in seiner Gefangenschaft passiert sind.

Am Anfang wollte er nur seiner Mutter einen Gefallen tun, doch mittlerweile geht er freiwillig, was sicherlich auch an der hübschen Ärztin liegt. Alle sind erleichtert. Jennifer hat gestern fröhlich angerufen und gesagt, dass die Jungs hier alle Frauen verrückt machen und sie sie bald zurückschickt. Auch ihre Tante lernt mit dem Verlust zu leben und mit den Narben, die auf ihrer Seele bleiben werden.

Es ist schön, sie alle wieder lachen zu hören.

Man spürt den Wechsel in ihrer Familie. Ihr Vater, Juan und Rodriguez kümmern sich nur noch um die Sachen, die in der Nähe sind, alles andere übernehmen jetzt ihr Bruder und ihre Cousins. Ihre Mutter hat es richtig genossen, als ihr Vater eine Woche kaum das Haus verlassen konnte wegen seines Beines und der Verletzungen, die er sich bei der Befreiung von Dania zugezogen hat.

Jedes Mal wenn Latizia ihre Eltern beobachtet, wünscht sie sich nichts sehnlicher, als auch so ein Glück und solch eine Liebe zu finden. Ihr Bruder scheint dieses Glück schon gefunden zu haben. Dania hat noch immer ihre Arbeit in der Kirche, nun allerdings in Sierra und nicht mehr in Safia. Sie hilft beim kompletten Neuaufbau, in einem Monat soll die neue Kirche auf dem Hügel schon fertiggestellt sein.

Sie hat eine Wohnung in Sierra, allerdings verbringt sie die meiste Zeit bei Leandro und den anderen Jungs im Haus, das langsam bewohnbar ist.

Sanchez und Celestine liefern sich gerade täglich einen Beweis dafür, wie glücklich der andere ist, Single zu sein. Es wäre sicherlich für alle, besonders für sie, die nun ständig von Sanchez abgeholt wird, einfacher, wenn die Beiden einfach mal zusammenkommen würden, aber sie halten sich da heraus, Sanchez und Celestine müssen selbst den Weg zusammen finden.

Auf die eine oder andere Weise sind alle glücklich, es macht Latizia zufrieden das zu sehen, deren Glück ist auch ihr Glück.

Latizia konzentriert sich voll und ganz auf die Uni, ihre Eltern sind überzeugt, dass sie in Piedro verliebt ist, da sie sich momentan viel mit ihm trifft. Dilara und er sind die Einzigen, die von Adán wissen. Sie schweigt dazu, es ist tausendmal besser, ihre Eltern vermuten dies, als dass sie nur den Hauch einer Ahnung hätten, wer wirklich den ganzen Tag in Latizias Kopf herumschwirrt.

Sie seufzt leise auf und setzt sich an den Rand. Ihr Blick fällt auf das Gebiet, das von ihrem abgegrenzt ist, auch wenn es noch in Sierra liegt.

Das Gebiet der Tijuas und von Adán.

Sie hat nichts mehr von ihm gehört. An dem Tag, als er herausgefunden hat, wer sie wirklich ist und zu welcher Familia sie gehört, hat sie sicherlich hundert Nachrichten geschrieben, doch alle gelöscht und niemals abgeschickt.

Sie wollte sich entschuldigen, ihm sagen, dass er ja nun weiß, warum es nicht geht und noch vieles mehr, doch sie hat es nicht getan, es war nicht nötig. Sie hat in seinem Gesicht gesehen, dass er es begriffen hat, sofort, als er sie neben ihrem Vater gesehen hat.

Eigentlich sollte sie ihm einfach nur dankbar sein, dass er nichts gesagt hat und gegangen ist, doch gleichzeitig tut sein Schweigen auch weh. Sie kann nicht so tun, als wäre er ihr mittlerweile egal, wenn sie noch immer auf das Handy sieht, was sie gar nicht mehr haben sollte und sich jedes Mal ihr Herz zusammenzieht, wenn nichts da ist, keine Nachricht, kein Anruf, nichts.

Sie hat kein Recht darauf, es ist besser so, doch das ändert nichts daran, dass es ihr wehtut. Sie kann vor Dilara und Piedro so tun, als hätte sie es überwunden, aber sich selbst und ihrem Herzen kann sie nichts vormachen. Er fehlt ihr. Latizia erinnert sich, wie er ihr gesagt hat, dass er sie nicht hassen wird, doch sie ist sich absolut sicher, dass er das jetzt anders sieht. Sie hört oft zu, wenn sich die Männer unterhalten, ob das Thema Tijuas angesprochen wird, doch das wird es nicht.

Die Grenzen sind gesetzt und die Feindschaft offen ausgesprochen, mehr gibt es dazu für alle nicht zu sagen.

Latizia ist nicht so naiv zu glauben, Adán würde noch oft an sie denken, aber sollte er es tun, wird das Negative das Gute sicherlich übertreffen. Tränen steigen in ihre Augen, als sie daran denkt, wie schön es war ihm so nah zu sein, wie an seinem Geburtstag, doch ihr ist bewusst, dass es für sie eine andere Bedeutung hat als für ihn.

Sie war nicht seine erste und letzte Frau und er ist sicherlich schon längst mit einer anderen zusammen. Für sie ist es aber das erste Mal, dass sie solche Gefühle für einen Mann hat.

Sie kann nur hoffen, dass sie darüber hinwegkommt und irgendwann einen neuen Mann kennenlernt, jemanden, der nicht verboten für sie ist, wo kein Krieg ausbrechen würde, wenn sie zu ihrer Liebe stehen und dass sie dann wieder so empfinden kann, wie sie es in Adáns Armen getan hat. Wenn es auch nur annähernd so schön ist, wäre sie dankbar dafür.

Latizia wischt sich die Tränen weg und steht auf, es fühlt sich so falsch an und doch weiß sie, dass es das Richtige ist, Adán verloren zu haben. All das war auf Lügen aufgebaut und der Tatsache, dass sie für einige Stunden selbst verdrängt hat, wer sie ist und zu wem sie gehört.

Ihr Handy klingelt. Es ist Dilara. »Wo bist du? Ich dachte, du holst mich heute von der Uni ab.« Latizia wischt sich die letzten Tränen weg. »Ich bin da, warte vor dem Eingang, ich komme gleich!« Dilara ist ganz aufgeregt. »Piedro ist auch bei mir ... oh, und Latizia, am Wochenende ist die Party des Jahres. Miguel, Sami, Kasim und Damian sind weg, Leandro ist zu sehr auf Wolke sieben, um irgendetwas mitzubekommen und die anderen werden wir schon los, dieses Mal können uns unsere Cousins nicht nerven ...« Latizia muss lachen.

»Erzähle mir das gleich, ich komme!« Sie klappt ihr Handy zu und sieht noch einmal auf Sierra hinunter. Ihre Mutter hat ihr einmal versucht zu erklären, dass sie sich früher oft zerrissen gefühlt hat, zwischen dem, was sie an Sierra liebt und dem, was sie gehasst hat, und das hat sie oft zum Verzweifeln gebracht.

Latizia hat das nie verstanden.

Jetzt genau in diesem Moment versteht sie es jedoch. Sie liebt diese Stadt, ihre Familie, die Familia, doch gleichzeitig hasst sie es, weil sie genau diese Punkte, die sie so sehr liebt, von dem Mann trennen, der einfach nicht aus ihrem Herzen und ihren Gedanken verschwinden will.

Sie atmet tief ein, zwingt sich ein Lächeln auf und will zurück zur Tür des Daches, als ihr etwas auf einem der Schornsteine auffällt. Sie geht hin und sieht, dass mit einem schwarzen Filzstift ein Schmetterling darauf gemalt wurde. Die Zeichnung muss schon alt sein, doch man erkennt in einem Flügel des Schmetterlings ein P. Latizia muss lächeln, holt einen Stift heraus und zeichnet in den anderen Flügel ein A.

Als sie das Unidach verlässt, weiß Latizia, dass sie öfter herkommen wird, um einen klaren Kopf zu bekommen und um auf die Stadt hinabzublicken, die sie so sehr liebt und die sie gleichzeitig so unglücklich macht.

Latizia beeilt sich die Uni zu verlassen, trotzdem sieht Dilara sie fragend an, als sie zu ihr, ihrer Freundin Stefanie und Piedro geht, die am Geländer vor der Uni angelehnt auf sie warten. »Ich war noch einmal auf der Toilette.« Latizia kommt Dilaras Frage zuvor und diese sieht sich um. »Wo steckt er jetzt, ohne die Karten kommen wir nicht auf die Party.« Latizia versteht gar nichts mehr und blickt zu Piedro, der auf seinem Handy herumtippt, ihren Blick aber bemerkt und die Schultern zuckt.

»Da ist er … Raqis!« Dilara zieht Latizia am Arm mit zu einem merkwürdigen Typen, er trägt enge Röhrenjeans, ein viel zu großes Cap und eine dicke goldene Armbanduhr, die so golden scheint, dass man fast geblendet wird. Er ist einer der Jungs, die unbedingt zeigen wollen, dass sie über viel Geld verfügen und bei denen es meistens eher zum Lachen wirkt. Auch als sie vor ihm stehen, muss sich Latizia zu Piedro umwenden, der ihr grinsend zuzwinkert. Was für ein Prolet.

»Raqis, also wie abgesprochen, wir nehmen fünf Karten. Wo ist der Mann?« Latizia hasst es, wenn sie keinen Schimmer hat, was Dilara plant. Der junge Mann zieht das Cap tiefer in sein Gesicht und blickt sich mehrmals um. »Kommt mit.« Er flüstert zu ihnen und deutet an, dass sie ihm folgen sollen. Latizia kann nicht mehr und lacht leise los, Piedro und Stefanie bleiben vor der Schule stehen. Nur Latizia kommt nicht drumherum, Dilara wieder bei ihren blödsinnigen Ideen zur Seite zu stehen.

»Was soll das für eine Party sein, treffen wir jetzt die CIA?« Latizia flüstert zu Dilara, während sie Raqis in eine kleine Seitenstraße neben der Uni folgen. In einem silbernen Cabrio sitzen zwei Männer, die zu ihnen blicken. Latizias Herz schlägt augenblicklich schneller, sie kennt die Männer nicht, doch sie mustern sie sehr ausgiebig. »Hier sind noch welche, sie wollen fünf Karten.« Als

Raqis mit den beiden Männern spricht, blickt er sich erneut ständig um. »Um was für eine Party handelt es sich hier?«

Dilara will ihr gerade antworten, da schnalzt der Mann am Steuer mit der Zunge. »Bist du bescheuert, Raqis? Weißt du nicht zu wem die gehören? Ich bin doch nicht lebensmüde.« Gut, auch wenn sie die Männer nicht kennen, wissen diese genau wer sie sind. Dilara flucht leise auf und kramt in ihrer Handtasche. »Wir zahlen und zu wem wir gehören, sollte nicht euer Problem sein!«

Latizia schluckt schwer als sie die vielen Scheine sieht, die Dilara dem Mann hinhält. Sie weiß, wie sehr ihre Cousine es hasst, wie in Watte gepackt, hier in Sierra zu versauern und dass sie jede Möglichkeit nutzt, um etwas Freiheit zu haben, doch dass sie dafür bereit ist soviel zu zahlen, ist ihr neu. »Spinnst du? Gibt es dort pures Gold zu trinken, oder was sind das für Preise für Karten?« Dilara ist schon vorgetreten und hält den Männern im Cabrio das Geld hin.

Bevor Latizia dazwischen gehen kann, hat einer der Männer das Geld bereits genommen und hält Dilara fünf Armbänder hin. »Von mir aus. Eure Familia weiß nichts von dieser Party, sollten sie davon erfahren, waren nicht wir es, die euch die Karten verkauft haben, verstanden?« Dilara nickt und dreht sich mehr als zufrieden zu Latizia um. »Lass uns gehen.« Latizia sieht fassungslos auf die dünnen hellblauen Armbänder, die Dilara jetzt für so viel Geld in der Hand hält.

Es hupt noch einmal hinter ihnen und sie wenden sich erneut um. »Ach, und denkt daran, nur Leute mit Geld dürfen auf die Party, gebt die Bänder an niemanden weiter, der nicht in diese Kreise gehört. Ich bin am Samstag auch da, wir sehen uns.« Er zwinkert ihnen noch einmal zu, bevor er den Motor aufheulen lässt und Gas gibt. Sobald sie von Raqis weg und wieder vor der Uni sind, nimmt Latizia die Bänder an sich. Piedro schlägt mit Dilara ein.

»Ich habe gehört, dass nur jeder Dritte so ein Band bekommt und du hast gleich fünf. Das müssen wir feiern, lasst uns etwas essen gehen.« Latizia bleibt stehen und sieht zwischen den beiden Menschen, denen sie am meisten vertraut, hin und her. Stefanie kennt sie noch nicht lange und nicht gut genug, doch sie mag die hübsche Rothaarige, die mit Dilara in einen Kurs geht, auch schon ziemlich gerne.

»Was ist das für eine Party?« Piedro zieht die Augenbrauen hoch. »Hast du noch nie von den Klippenpartys gehört? Sie werden alle paar Wochen veranstaltet, immer woanders aber jedes Mal hier in der Gegend. Die Plätze, an denen sie stattfinden, sind geheim, die Gästelisten sehr eingeschränkt. Das sollen die heißesten Partys sein und wir sind diesen Samstag dabei!« Latizia verdreht die Augen, als ihr bester Freund beginnt vor ihr auf- und abzuhüpfen und dabei Dilara mit sich zieht, die zu lachen beginnt. »Ok, und wo genau ist diese Party am Samstag?« Sie sind schon vor der kleinen Pizzeria an der Uni und Dilara hält die Bändchen hoch. »Das werden wir jetzt herausbekommen!«

»Das ist so ... genial!« Auch Latizia schaut fasziniert zu, wie Dilara jedes der gerade für viel Geld gekauften Armbänder unter Wasser hält und sich dort unter dem Wasser auf einem kleinen Plätzchen eine eingravierte Adresse zeigt. »Ich kann es nicht erwarten, wir brauchen unbedingt neue Klamotten dafür.« Nun meldet sich auch Stefanie mal zu Wort. Piedro sieht mit offenem Mund zu, wie sich die Armbänder unter Wasser verändern. Dass er dabei auf der Damentoilette steht, stört niemanden. »Ich war gestern erst hier shoppen und habe nichts gefunden. Lasst uns dann nach Sevilla fahren, wir haben morgen nur vormittags Kurse. Wir können Latizia abholen und dort im Einkaufszentrum nach etwas Neuem suchen.« Stefanie nickt und Latizia nimmt eines der Armbänder an sich.

Sie sieht auf die Adresse und zu Dilara, die Party findet an diesem Wochenende zwischen Sierra und Safia statt, auf dem Weg gibt es unzählige Strandabschnitte mit Klippen und an einer dieser wird gefeiert. Dilara scheint die Gedanken ihrer Cousine zu erahnen und bindet Latizia das Armband um. »Es ist okay, es ist weit genug vom Tijuas-Gebiet entfernt, keine Sorge.« Latizia nickt, sie kann nur hoffen, dass man ihr den Stich nicht ansehen kann, der in dem Moment in ihrer Brust brennt. Dilara gibt ihr einen Kuss auf die Wange. »Das wird super, Latizia. Wir werden dort endlich neue Männer kennenlernen, diese Party wird uns allen gut tun, vertrau mir!«

Erst zwei Stunden später schließt Latizia die Haustür hinter sich und wäre fast in Sanchez hineingelaufen, der gerade das Haus verlassen will. »Wieso warst du heute nicht in der Uni? Ich wollte dich abholen.« Latizia legt den Kopf schief, verkneift sich aber einen bösen Kommentar gegenüber ihrem Cousin, der nur zu ihrer Uni kommt, um Celestine zu sehen. »Ich war beim Arzt, ich hatte einen Termin.« Sanchez ist schon aus der Tür. »Okay, sag mir beim nächsten Mal Bescheid. Komm jetzt endlich, Leandro! Deinetwegen sind wir eh schon zu spät!«

Latizia kommt gerade einmal dazu ihre Tasche abzulegen, da rennt ihr Bruder förmlich an ihr vorbei. Er drückt ihr schnell einen Kuss auf die Wange, murmelt etwas wie 'bis später' und ist auch schon weg. An der Stille im Haus erkennt sie, dass sie alleine ist. Wer weiß, wo ihre Eltern und Lando sind, sie könnte es herausbekommen, doch sie will es gar nicht wissen.

Sicherheitshalber nimmt sie ihre Tasche mit nach oben, sie hat Unterlagen vom Arzt dabei, doch sie muss sich erst überlegen, wie sie diese Sache am besten ihren Eltern erklärt, bevor sie sich diesem Gespräch stellt. Tenaz und Sena laufen um ihre Beine herum. Latizia will sich umziehen und mit den Beiden einen langen Spaziergang machen, das wird ihnen allen guttun. Luna sitzt auf dem Bett und mauzt sie an. Latizia beißt sich leicht auf die Unterlippe, als sie an ihren Nachttisch geht und aus der hintersten Ecke ihr altes Handy holt. Kein Anruf, keine Nachricht.

Sie legt es zurück, dabei fällt ihr Blick auf das Armband von der Party, welches sie noch umhat. Sie hat es vollkommen vergessen, sie sollte es bis Samstag verstecken. Schnell macht sie es ab und stopft es mit dem Handy zurück in ihren Nachttisch. Sie kann nur hoffen, dass Dilara recht hat, sie selbst wird sich die allergrößte Mühe geben, diesen Samstag alles und jeden zu vergessen und sich endlich wieder richtig zu amüsieren.

Kapitel 2

»Latizia ... hallo, wie geht es dir?«

Erschrocken dreht sich Latizia zu Dania und Celestine um, als die sie von der Seite ansprechen. Sie war zu sehr in ihre Gedanken versunken, während sie ihre Nase in die Sonne gehalten und vor sich hingeträumt hat. Sie lächelt. Latizia weiß, dass sich Dania besonders viel Mühe gibt nett zu ihr zu sein, sie mag die Freundin ihres Bruders auch, doch fällt es ihr langsam immer schwerer, das Glück der anderen zu sehen und sich dabei jedes Mal schlechter zu fühlen. Sie gönnt jedem sein Glück, doch sie möchte das alles nicht ständig vor Augen haben, deswegen zieht sie sich immer mehr zurück, sie hat noch nie wirklich länger mit Dania geredet in letzter Zeit, selbst mit ihrem Bruder hat sie kaum mehr als zwei Worte gewechselt.

»Hi! Danke, gut und wie geht es euch? Von wo kommt ihr gerade?« Sie sitzt mitten auf den Treppen der großen Uni in Sevilla, ein Mann stößt sie leicht an, als er an ihr vorbeieilt. »Tschuldige ...« Latizia reibt sich die Stelle, wo seine Tasche sie getroffen hat. »Pass doch auf!« Dania sieht besorgt zu ihr herunter. »Dania hat mich besucht, weil ich eine Freistunde hatte, wir waren solange frühstücken. Du warst gestern gar nicht da, Sanchez war hier und hat dich gesucht.« Celestine versucht unbeteiligt zu wirken, doch allein, wie sie den Namen ihres Cousins ausspricht, zeigt Latizia, dass da mehr ist, dass sie etwas für Sanchez empfindet. Sie wünschte, die Beiden würden das endlich klären und nicht alle anderen da mit hineinziehen.

»Ich war beim Arzt, Sanchez hat mir schon Bescheid gesagt, dass er hier war.« Celestine nickt, die Arzttochter hat sich in den letzten Wochen ziemlich verändert, sie war die ersten Male, als Latizia sie gesehen hat, sehr natürlich und sehr schüchtern. Mittlerweile ist sie teilweise mehr zurechtgemacht als Dilara, und das will schon etwas heißen. Und dass sie schüchtern ist, kann man kaum mehr behaupten, so wie sie ständig mit den Jungs flirtet, um Sanchez eifersüchtig zu machen.

Sie will noch etwas sagen, doch es klingelt erneut und sie gibt Dania schnell einen Kuss auf die Wange. »Ich rufe dich später an und sage Bescheid, ob es mit dem Kino klappt.« Plötzlich ist Latizia mit Dania alleine. »Hast du keinen Unterricht? Ich kann dich mitnehmen, oder bist du mit dem Auto hier? Ich fahre jetzt eh zu euch nach Hause, dein Bruder wartet dort.« Dania lächelt freundlich. Leandros Freundin ist sehr hübsch, Latizia kann verstehen, dass ihr Bruder total verrückt nach ihr ist. Natürlich sieht auch sie die Narben auf ihren Armen, besonders jetzt, wo sie nur ein Top und eine Jeans trägt, doch es stört nicht, es macht Dania höchstens noch interessanter. Sie hat von ihrer Mutter erfahren, wie schwer sich Dania damit tut, ihre Narben zu akzeptieren, doch für Latizia mindert es Danias Schönheit kein bisschen.

»Nein, danke.« Sie zeigt zu ihrem schwarzen kleinen Geländewagen, mit dem sie jetzt immer unterwegs ist. »Ich habe ein Auto hier und warte außerdem auf Dilara und eine Freundin, wir wollen Shoppen gehen ...« Latizia muss etwas offener werden und Dania mit in die Familie einbinden. »Möchtest du uns begleiten?« Dania strahlt übers ganze Gesicht, als Latizia sie einlädt, auch wenn sie gleichzeitig den Kopf schüttelt.

»Das geht leider nicht, ich muss noch vorarbeiten, weil ich am Wochenende zu einem neuen Projekt außerhalb der Stadt fahren muss, aber wir können das gerne wiederholen, ich würde mich sehr freuen.« In dem Augenblick kommt Dilara in ihrem silbernen neuen Mercedes-Cabrio, es tönt laut das Lied 'Quizás' aus dem Auto, Stefanie und Latizias Cousine singen laut dazu und hupen.

Latizia muss lachen. »Ich muss los, grüß meinen Bruder.« Dania nickt und winkt zu Dilara. Als Latizia aufsteht, räuspert Leandros Freundin sich noch einmal. »Latizia, ich weiß, wir kennen uns noch nicht so gut, aber manchmal habe ich das Gefühl, dass du sehr traurig bist. Falls du jemanden zum Reden brauchst, du kannst mir vertrauen, du musst nur ein Wort sagen.« Latizia durchfährt sofort dieser dumpfe Schmerz in ihrem Hinterkopf und ihr Herz schlägt schneller, doch sie lächelt. »Mir geht es gut, aber danke.« Jetzt beeilt sie sich zu Dilara zu kommen, Stefanie rutscht nach hinten und Latizia setzt sich neben ihre Cousine.

»Wo war die Arzttochter?« Dilara gibt Gas. »Ist gerade zum Unterricht.« Dilara verdreht die Augen. »Mich haben gestern zwei Mädchen wegen Kasmin und Damian vollgequatscht, jetzt haben wir echt ständig die Frauen unserer Brüder und Cousins am Hals.« Stefanie hinter ihnen lacht leise. »Die sehen aber auch alle verdammt gut aus.« Latizia lacht nun ebenfalls und Dilara gibt noch mehr Gas.

Sie fahren ins Einkaufszentrum und steuern direkt den passenden Laden an. Da es eine besondere Party wird, wollen alle auch sehr gut aussehen, Dilara hat schnell ein rotes, enges und kurzes Kleid gefunden, was traumhaft an ihr aussieht. Stefanie entscheidet sich für ein ähnliches in rosa. Je mehr Latizia die beiden beobachtet, umso mehr hat sie das Gefühl, Stefanie versucht ihre Cousine einfach nur zu kopieren.

Latizia fällt die Auswahl nicht so leicht, sie hat so helle Haut, dass die knalligen Farben zu extrem an ihr aussehen, die meisten Kleider haben einen zu gewagten Ausschnitt. Nach drei Versuchen gibt sie schon fast auf, da hängt Dilara ihr ein türkisfarbenes Kleid hin. Es ist kurz und ohne einen gewagten Ausschnitt, dafür ist der Rücken ausgeschnitten und mit Perlen versehen, das Kleid ist wunderschön und sobald Latizia es anhat, weiß sie, dies ist das richtige.

»Es ist ein Traum, du solltest aber keinen BH darunter tragen.« Als Latizia die Umkleide verlässt, sehen Stefanie und Dilara sie ganz verzückt an. Dilara übergeht Stefanies Kommentar und tritt zu Latizia vor den Spiegel. »Ich flechte dir die Haare so zur Seite, damit dein Rücken richtig zur Geltung kommt.« Latizia sieht genau den Moment, als Dilara die Spuren ihres gestrigen Arztbesuches an ihrem Rücken erblickt. »Was ist das, hat Lando dich mit einem Blatt verwechselt?« Dilara geht den Strichen nach, die auch etwas auf ihrem Rücken landen, aber hauptsächlich auf ihren Brüsten verteilt sind. »Was soll der Scheiß, Latizia?« Dilara funkelt sie böse an und auch Stefanie tritt zu ihr. Latizia schlägt die Hand ihrer Cousine leicht weg und macht sich auf den Weg zur Umkleide.

»Es ist nichts, ich war gestern beim Arzt, er hat sich einiges angesehen … und angezeichnet.« Dilara folgt ihr. »Du willst nicht im Ernst eine Brustvergrößerung machen? Wissen deine Eltern davon?« Latizia deutet ihr nicht so laut zu sein, Stefanie kommt nun auch zu ihnen in die Kabine. Auch wenn sie sich wegdreht, Dilara und Latizia haben keine Geheimnisse voreinander, sie sind wie Schwestern und Dilaras Augen funkeln immer wütender, als Latizia sich jetzt das Kleid auszieht und sich ihren gestreiften Rock und die Bluse wieder überzieht.

»Noch nicht, leider brauche ich ihr Einverständnis, deswegen werde ich es ihnen sagen … am Wochenende.« Dilara verschränkt die Arme vor der Brust. »Dein Vater wird ausrasten!« Latizia verdreht die Augen. »Wird er nicht. Er wird es verstehen.« Dilara lacht kurz hart auf. »Er wird dem Arzt jeden Finger einzeln brechen, nur dafür, dass er dich schon angemalt hat.« Latizia würde gerne etwas dazu sagen, doch leider gibt ihr Unterbewusstsein ihrer Cousine Recht. »Mir war klar, dass du das nicht verstehst!«

Dilara sieht sie ernst an. »Nein, das tue ich nicht, du bist wunderschön, du hast es nicht nötig etwas zu ändern und dich operieren zu lassen.« Latizia lacht bitter auf. »Ich fühle mich aber nicht wohl, alle Frauen sind besser gebaut als ich, ich komme mir vor, als wären meine Brüste einfach irgendwann nicht mehr weitergewachsen.« Dilara schüttelt den Kopf. »Du spinnst …« Stefanie dreht sich nun zu ihnen um. »Bei welchem Arzt warst du?«

Latizia wusste, wie ihre Cousine reagieren würde, einfach weil sie sich nicht in ihre Lage versetzen kann. Dilara hat eine Traumfigur, Latizia hat nicht einmal die Hälfte ihrer Brust. Sie nennt den Namen des Arztes und nimmt das Kleid, das sie kaufen möchte, mit zur Kasse. »Der Arzt ist fantastisch, er hat mich auch operiert.« Latizia und Dilara bleiben beide stehen. »Du hast deine Brüste machen lassen? Man sieht gar nichts …« Dilara sieht ihre Freundin verdutzt an, die jetzt noch breiter grinst und als erstes bezahlt. »Ich sage ja, der Arzt ist gut.«

Sie bezahlen und lassen das Thema erst einmal sein, Latizia kennt ihre Cousine aber gut genug um zu wissen, dass da noch nicht das letzte Wort gesprochen ist. Sie steuern ein Schuhgeschäft an, als plötzlich Dilara sie alle beide zur Seite hinter einen dicken Pfeiler zieht. »Vorsicht!« Erschrocken verstecken sie sich. »Was ist los?« Dilara deutet mit ihrem Kopf zum anderen Ende der Einkaufshalle. Latizia folgt ihrem Blick.

Vor einem Handygeschäft stehen Musa und noch ein Mann, bis hierher kann man Musas strahlende Augen sehen, er lacht gerade über etwas, das der andere Mann gesagt hat. Latizias Herz schlägt schneller. »Wir sind hier nicht auf deren Gebiet, wir alle dürfen hier sein, es ist Sevilla.« Dilara sieht ebenfalls aus dem Versteck zu den Männern, achtet aber darauf, dass sie nicht entdeckt werden. »Mag sein, aber ich habe nicht vor, denen über den Weg zu laufen, oder hast du vergessen, wie wir sie belogen haben? Das Thema sollte ruhen und vergessen werden.«

Wie sollte Latizia das jemals vergessen? Genau in diesem Augenblick tritt der Grund aus dem Geschäft, weshalb sie all das niemals vergessen wird. Adán kommt aus dem Geschäft, neben ihm ein Mann, den Latizia schon oft bei ihm gesehen hat. Beide haben neue Handys in der Hand und sehen darauf. »Wer ist das?« Stefanie flüstert zu ihnen und bleibt ebenfalls versteckt. »Etwas Verbotenes, gefährlich und verboten.« Latizia spürt Dilaras Hand an ihrem Rücken, als sie Adán erblicken. Vielleicht hat sie versucht, es vor ihrer Cousine zu verstecken, doch genau jetzt spürt sie, dass es nichts genützt hat. Natürlich weiß Dilara, dass sie noch immer an Adán denken muss, trotz Latizias Versuchen, es vor ihr zu verbergen.

Latizias Magen rumort, als sie Adán ansieht. Er trägt eine schwarze Sportshorts, die ihm bis zu den Knien geht, dazu ein weißes Kapuzen-Shirt und weiße Turnschuhe. Als er zu Musa hochblickt und sie in sein Gesicht sehen kann, fährt ein Stich tief in ihr Herz.

Seine Augen funkeln, er lacht und Latizia wünschte sie wäre näher, um seine Stimme hören zu können. Sie vermisst ihn und gleichzeitig ärgert sie sich über sich selbst. Es ist offensichtlich, wie gut es ihm geht, er wird keinen Gedanken an sie verschwenden, während sie hier wie ein Häufchen Elend hinter ihm her trauert.

»Lasst uns verschwinden!« Stefanie hat nun auch eine gute Sicht auf alles und pfeift leise. »Das ist aber ein hübsches verbotenes Etwas!« Latizia dreht sich zu Dilara um. »Lasst uns verschwinden!«, wiederholt sie und ihre Cousine deutet ihr ruhig zu bleiben. »Warte noch kurz.« Latizia sieht selbst, dass sich die Männer langsam in Richtung Tiefgarage bewegen, dabei holt Adán sein altes Handy, das Latizia erkennt, aus der Tasche und legt dessen Karte in sein neues Handy.

Also hat er die Nummer noch, die er damals hatte. Die Ausrede, dass er vielleicht einfach eine neue Nummer hat und ihre nicht mehr, kann sie sich also selbst nicht mehr versuchen einzureden, wenn sie versucht zu verstehen, warum er sich nie wieder gemeldet hat. Sie sieht ja, wie gut es ihm geht. Und dass er nichts mehr mit ihr zu tun haben will, ist, nachdem sie ihn so sehr angelogen und ihm ihre wahre Herkunft verschwiegen hat, nicht verwunderlich.

Sie bleiben hinter der Säule stehen, bis die Männer in die Tiefgarage gegangen sind. Latizia hat Adán seit fast drei Wochen nicht gesehen und es hat sie tief getroffen, ihn jetzt so wiederzusehen. Alles, was sie so gut zu verdrängen versucht hat, ballt sich wieder in ihr und sie will nur noch weg hier.

»Hi hi, die sind lustig.« Ein kleines Mädchen steht hinter ihnen und zeigt auf sie. Natürlich muss es komisch aussehen, wie sie drei sich hier verstecken und Männern hinterher starren. »Ok, lasst uns noch Schuhe besorgen und dann nach Hause.« Das Mädchen beobachtet sie immer noch und hält ihr Eis fest in der Hand. Während sie an ihr vorbeigehen, streicht ihr Latizia über den Lockenkopf. »Ein Tipp für die Zukunft, mach einen großen Bogen um Jungs und Männer, sie machen nur Probleme.« Stefanie lacht, während Dilara nur den Kopf schüttelt, doch das Mädchen nickt ganz eifrig. »Ich weiß, Jungs sind so doof, ich spiele nie mit denen!« Latizia zwinkert ihr zu. »Schlaues Mädchen!«

»Das Kleid steht dir fantastisch.« Dilara hält in ihrer Einfahrt, nachdem sie Stefanie zuhause abgesetzt haben. »Danke, deins sieht auch sehr gut aus.« Dilara bleibt sitzen und lächelt über Latizias Antwort. »Du bist für mich mehr als eine Schwester. Ich sehe, dass dich die Sache mit Adán nicht loslässt und es dir schwerfällt, und das tut mir leid. Ich wünschte, ich könnte dir sagen, dass die Sache zwischen euch noch nicht vorbei ist, dass es eine Chance für euch gibt, aber das kann ich nicht!« Latizia sieht zu ihrem Haus, sie bleiben beide im Auto sitzen.

»Alles was ich dir sagen kann, ist, dass es irgendwann besser wird, du wirst ihn vergessen. Heute war ein kleiner Schritt zurück, doch du wirst mehrere nach vorne machen. Diese OP aber, Latizia, wird an all dem auch nichts ändern ...« Latizia unterbricht sie.

»Die OP mache ich nicht wegen Adán!« Dilara seufzt schwer auf, sie verkneift sich einen Kommentar dazu, doch sieht Latizia ernst an. »Ich habe nichts gegen eine Operation, aber glaube mir, du hast es nicht nötig, und dafür seine Gesundheit zu riskieren ist unnötig.« Latizia spürt, dass Dilara nicht mehr so sauer ist wie vorhin, als sie es entdeckt hat. »Es ist meine Entscheidung und ich dachte, dass du in allem hinter mir stehen wirst.« Dilara nimmt ihre Tasche vom Rücksitz und steigt aus. »Tue ich auch, aber ich muss es trotzdem nicht gut finden, oder?« Latizia steigt ebenfalls aus.

»Wann willst du es Paco und Bella sagen?« Sie gehen zusammen zu ihrer Haustür. »Am Wochenende, ich habe in zwei Wochen einen Termin, es fehlt nur noch die Erlaubnis der Eltern.« Dilara hebt die Augenbrauen. »Na dann viel Glück, ich werde in der Zeit das Land verlassen.« Latizia lacht. Ihre Eltern werden nicht begeistert sein, doch Latizia denkt, dass sie sie verstehen werden. Sie hofft es zumindest.

»Hast du dir schon überlegt, wie wir uns Samstag davonschleichen? Morgen ist schon Freitag.« Dilara zuckt die Schultern. »Ich überlege mir noch was, aber da Miguel, Damian usw. gerade nicht da sind, wird es nicht ganz so kompliziert sein.«

Latizia geht ins Haus und Dilara erst einmal zu sich, sie werden sich sicherlich noch einmal sehen heute, es ist immer so. Als sie hereinkommt, stürmt Lando auf sie zu. Latizia nimmt ihren kleinen Schatz auf den Arm und knuddelt ihn durch, er lacht und kuschelt sich an sie. Wie sehr sie ihn liebt, wie sehr sie die Zeit vermisst, als sie noch so klein war und ihr einziges Problem, was sie als nächstes spielen sollte. »Wo sind die Koffer?« Ihre Mutter kommt die Treppe herunter, gefolgt von Sena und Tenaz, die Latizia nun ebenfalls anspringen.

»Hallo Schatz! Wo ist dein Vater, er war doch gerade noch da?« Latizia zuckt die Schultern, als ihre Mutter ihr zur Begrüßung einen Kuss gibt. »Was hast du gekauft? Zeig mal!« Latiza sieht zu ihren Tüten und lächelt, sie sollte das neue Kleid lieber nicht zeigen. Man sieht, dass es nicht für die Uni gedacht ist, und sie müssen ihren Eltern nicht unter die Nase reiben, dass sie vorhaben, auf eine Party zu gehen, sonst wird es nur kompliziert. »Später ... ich gehe erst einmal duschen.« Latizia will die Treppe hinauf, da fällt ihrer Mutter noch etwas ein. »Schatz, wir haben heute spontan beschlossen, morgen nach Loiza zu fahren. Rodriguez, Juan, Melissa und Sara kommen mit, wie sieht es aus? Du und Dilara den ganzen Tag am weißen Strand? Wir fahren morgen früh los.« Ihre Mutter weiß, dass sie das kleine Strandparadies liebt, in das ihre Eltern und auch ihre Tante und ihr Onkel Rodriguez sehr oft fahren, doch sie kann nicht. Hier findet die Party statt, für die sie schon Unsummen ausgegeben haben.

»Das geht nicht, ich muss morgen dringend zur Uni, wir haben eine wichtige Vorlesung und ich muss das ganze Wochenende lernen.« Latizia erschreckt es selbst, wie leicht es ihr mittlerweile fällt ihre Eltern anzuschwindeln, vielleicht aber auch nur, weil sie nicht das Gefühl hat, dass ihre Eltern wirklich sehr an der Wahrheit interessiert sind. Sie haben Lando und sind momentan überglücklich, Latizia fühlt sich irgendwie nicht mehr ganz dazugehörig. »Okay, schade, vielleicht kommt ihr einfach nach?«

In dem Moment kommt ihr Vater mit Dania und Leandro herein, die beiden Männer tragen zwei Kisten. Sobald er seine abgestellt hat, nimmt ihr Vater Lando auf den Arm und sieht zu ihr. Latizia ist schon halb die Treppe hoch. »Da ist ja meine Prinzessin. Und, hast du schon gepackt?« Latizia schüttelt den Kopf. »Sie kann nicht wegen der Uni, habt ihr beide nicht Lust mitzukommen?« Leandro legt den Arm um Dania. »Wir sind auch weg. Dania hat einen Vortrag und Sanchez und ich besuchen da gleich einen Kunden und begleiten sie, wir sind erst Sonntagabend zurück.«

Ihre Mutter seufzt leise auf, aber dann geht die Suche nach den Koffern weiter. Latizia geht nach oben, sie wirft sich aufs Bett und will Dilara eine Nachricht schreiben, doch sieht, dass sie bereits eine von ihr erhalten hat. 'Wir haben das Wochenende für uns!' Latizia legt das Handy weg, sie macht sich nicht die Mühe, auf ihr altes zu gucken, weil sie weiß, dass dort nichts für sie hinterlassen sein wird. Leise lauscht sie dem Treiben im Haus und fragt sich, ob ihre Familie überhaupt wirklich bemerkt, ob sie da ist oder nicht. Fällt es ihnen auf, bedeutet es ihnen etwas? Momentan hat sie nicht das Gefühl. Sie beschließt, das Gespräch wegen der OP zu vertagen, vielleicht fällt ihr auch noch ein Weg ein, da ganz herumzukommen.

Sie bezweifelt, dass es überhaupt jemandem auffallen würde, sollte sie sich verändern.

Kapitel 3

»Braucht ihr noch etwas?« Tito sieht erst zu Dilara in ihrem gepunkteten Schlafanzug und dann zu Latizia, die sich den riesigen Bademantel zuhält und mit Tenaz auf der Couch kuschelt. »Nein danke, wir lackieren uns jetzt die Nägel und sehen einen Film. Bleib doch noch, es ist ein alter Klassiker, 'Dirty Dancing'. Sagt dir das etwas?« Ihr Onkel sieht noch einmal ins Haus und gibt beiden einen Kuss auf die Wange. »Genug um zu verschwinden, wenn irgendetwas ist, ruft sofort an!«

Es dauert noch einmal fünf Minuten, dann ist Tito weg. Es war klar, dass sie nicht ganz unbeobachtet sein werden, doch damit können sie umgehen. »Ich hab fast einen Hitzschlag bekommen«, bemerkt Dilara und zieht schnell den viel zu großen Schlafanzug aus und rückt das rote Kleid darunter wieder zurecht. Latizia lacht und zieht den Bademantel aus, auch sie trägt schon das Kleid für heute Abend. Noch einmal überprüft sie den Ausschnitt am Rücken.

Dilara braucht Hilfe bei ihren Augen, dafür cremt sie Latizias Rücken mit einer Creme ein, die ihrer Haut einen goldenen Schimmer verleiht und nach Pfirsich duftet, bevor sie ihre Haare mühevoll zur Seite flechtet. Latizia entscheidet sich für lange Creolen, dann noch etwas Schminke und sie sind fertig. »Zwanzig Minuten zu spät, Mist!« Sie rennen fast schon zu Dilaras Auto. »Bist du sicher, dass wir das Cabrio nehmen sollen? Falls doch noch jemand kommt, wird es auffallen, dass es fehlt.«

Dilara winkt ab. »Es ist schon nach 22 Uhr, es kommt niemand mehr. Wir haben ja auch nie gesagt, dass wir nicht mehr rausgehen werden. Von daher können wir gar keinen Ärger bekommen, selbst wenn jemand kommen sollte. Also los, die anderen warten schon!« Sie fahren alleine aus Sierra hinaus, da sie im Gegensatz zu Piedro, seinem Freund und Stefanie nicht den kurzen Weg durch das

Tijuas-Gebiet nehmen dürfen, müssen sie außen herumfahren. Als sie ankommen, warten die anderen bereits eine Weile auf sie.

Sie entschuldigen sich und sehen etwas verblüfft auf den vollen Parkplatz. Latizia kennt diese Stelle, es ist eigentlich ein kleiner Aussichtspunkt, nie ist hier jemand, doch plötzlich ist alles von Autos nur so vollgestellt. Man erkennt noch nichts und Latizia bezweifelt, dass man hier eine tolle Partylocation hinbekommen kann, aber sie ist bereit, sich eines Besseren belehren zu lassen. Einige Autos stehen sogar halb in den Büschen, es sind viel zu wenig Parkmöglichkeiten für so viele Autos, aber Puertoricaner wissen sich bei so etwas zu helfen. Es wird einfach überall geparkt.

»Du siehst heiß aus! Bist du bereit für etwas Spaß?« Piedro hält Latizia seinen Arm hin und sie hakt sich bei ihm ein. Gleichzeitig hält auch sein Freund seinen Arm hin und Latizia ist nun von zwei sexy Kerlen umgeben. Dass einer von ihnen schwul und der andere gerade dabei ist, herauszufinden wie seine Gefühle für Piedro sind, stört sie dabei überhaupt nicht. Noch immer weiß niemand außer Latizia, dass Piedro auf Männer steht. Dilara und Stefanie werden es sich denken, doch es spricht niemand darüber.

Die beiden Freundinnen laufen hinter Latizia und den beiden Männern. Sie folgen einem steilen Weg nach unten, der aber zum Glück mit kleinen bunten Lampen beleuchtet wird. Es stehen einige Paare auf dem Weg, die schwer miteinander beschäftigt sind. Kurz bevor sie den Strand erreichen, werden sie von zwei breiten Männern angehalten und müssen ihre Armbänder vorzeigen. Danach betreten sie den Strand, die Musik wird immer lauter und als sie dann am Strand ankommen, staunt Latizia nicht schlecht. Normalerweise ist hier nichts außer einigen Felsen, von denen sich ein paar Verrückte in die Wellen stürzen, doch nun fällt ihr Blick auf eine gigantische Partykulisse.

Auf dem Wasser schwimmen einige kleine beleuchtete Stege, sie sind offenbar alle miteinander befestigt, denn auch wenn sie auf dem Wasser sind, bleiben sie an einem Ort, man kann auf ihnen tanzen. Latizia sieht auch einige Buffets aufgebaut, es gibt gleich zwei DJs, die auf dem Wasser Musik auflegen. Es tanzen bereits eine Menge Leute auf dem Wasser. »Wow!« Piedro bleibt auch stehen und betrachtet das Ganze. Auch am Strand ist viel los, Frauen im Bikini laufen mit Tabletts umher, aber auch sehr sexy aussehende Männer bedienen hier. Eine Bar ist aufgebaut und überall wird getanzt, es gibt viele weiße Strandsofas, wo man sich hinsetzen kann und an den Seiten stehen überall weiße Himmelbetten, auf denen einige Leute liegen und die Sterne betrachten. Bei einigen sind sogar die Vorhänge zugezogen, und Latizia will gar nicht so recht wissen, was dort gerade passiert.

Es ist heiß heute und viele sind sogar im Wasser schwimmen, das ganze Meer hier in der Bucht besteht fast nur noch aus buntem Schaum, der unablässig von einer Maschine ins Meer gepustet wird. »Habe ich zuviel versprochen?« Latizia nimmt sich einen Drink und zwinkert dem süßen Kellner zu, während sie sich die Schuhe auszieht. Hier trägt niemand Schuhe, deshalb zieht auch Latizia ihre aus, während sie sich von Piedro und Dilara auf eine der schwimmenden Bühnen ziehen lässt und mit ihnen zusammen tanzt.

Es ist fantastisch, von hier kann man das Ganze erst richtig überblicken. Überall tummeln sich Leute, Latizia entdeckt in einer hinteren Ecke noch so etwas wie riesige Trampolinkäfige, um die sich immer mehr Menschen versammeln. Irgendwann laufen auch Kellnerinnen an ihnen vorbei, die nicht nur Getränke oder Canapés auf den Tabletts haben. »Sollen wir mal wieder eine rauchen?« Piedro deutet auf die verschiedenen Drogen, die hier offen angeboten werden und fragt seinen Freund. Keine zwei Sekunden später sind beide verschwunden und Latizia und Stefanie gehen an das Buffet, während Dilara mit einem Typen tanzt, der sofort ihre Nähe gesucht hat. »Wollt ihr Kekse mit dem gewissen Extra?« Eine Frau hinter einem der vielen Buffettische zwinkert ihnen zu und zeigt auf einige Cookies. Latizia schüttelt den Kopf. »Gibt es hier auch ganz normale Sachen?« Die Frau deutet auf das restliche Buffet.

»Nur die Cookies und der Kuchen sind heute extra verstärkt, greift zu!«

Latizia nimmt sich ein Sandwich und Gurken, während Stefanie lachend in ein paar Cookies beißt. »Na, wenn es alles umsonst ist, kann man das ruhig mal genießen.« Es ist schon komisch, dass die Drogen hier so herumgereicht werden, allerdings werden diese sicherlich auch am hohen Eintrittspreis ihre Schuld haben. »Hallo ihr Schönen, seid ihr alleine hier?« Zwei Männer stellen sich zu ihnen ans Buffett, doch die Musik ist so laut, dass man sie kaum versteht. Latizia und Stefanie deuten den Männern das an und sie verlassen lachend die schwimmenden Bühnen.

Es wird immer voller, sie sehen sich nach Dilara, Piedro und seinem Freund um, können sie aber nicht entdecken, dafür folgen die beiden Männer ihnen zu einem weißen Himmelbett. Stefanie lässt sich zufrieden darauf nieder, doch als Latizia sich gerade zu ihr setzen möchte, hört sie eine Stimme, die sie sofort wiedererkennt.

»Sieh an, wer sich alles hier herumtreibt? Was habt ihr hier verloren?« Latizia wendet sich zu der asiatischen Schönheit um, die sie schon einmal im Haus von Adán getroffen hat. Ihr Herz beginnt augenblicklich zu rasen, sie sieht sich um, ob sie irgendwo Adán entdeckt, doch Bara ist mit drei weiteren schönen Frauen da, nirgendwo ist ein Mann der Tijuas zu sehen. Doch als Latizia sich die Frauen genau ansieht, erkennt sie bei allen die Tijuas-Plaka, sie alle gehören zu Adáns Familia.

»Plötzlich traust du dich nichts mehr zu sagen, jetzt wo deine Lügen aufgedeckt sind und Adán weiß, zu welcher Familia du gehörst und wer du wirklich bist. Wieso seid ihr hier? Wir statten diese Partys aus und machen hier Geschäfte, die Trez Puntos und die Les Surenas haben hier nichts zu suchen!«

Latizia ist noch immer starr und sieht in Baras dunkle Augen. Könnte sich nicht genau jetzt ein Loch auftun und sie verschlucken? Natürlich weiß Bara Bescheid und Latizia ist sich absolut sicher, sie hat die Gelegenheit genutzt und ist wieder bei Adán im Bett gelandet. Sie sieht an der Asiatin herunter. Bara trägt eine hautenge Jeans und ein Bikinioberteil, ihre dunklen Locken fallen auf ihre perfekten Brüste und man sieht ihr sexy Schlangentattoo.

Auch die anderen Frauen sehen gut aus. Latizia schüttelt den Kopf, wie konnte sie jemals denken, für Adán wäre sie etwas Besonderes? Sie ist ein Nichts im Gegensatz zu solchen Frauen. »Sag mal, rede ich mit mir selbst ...?« Bara kommt näher. Als Stefanie hinter ihr aufsteht, erwacht Latizia endlich aus ihrer Starre. Im selben Moment stellt sich allerdings Dilara neben sie. »Was ist dein Problem, außer dass du einen zu kleinen Bikini trägst?«

Latizia ist ihrer Cousine so dankbar, dass sie genau in diesem Moment auftaucht. Dilara ist durch nichts zu beeindrucken, schon gar nicht durch eine aufgebrachte Bara. Nun steht sie gelassen vor ihr und zeigt auf ihr verrutschtes Bikinioberteil, das mehr zeigt als sie sehen wollen. »Noch eine der Punto-Surenas. Nur für den Fall, dass ihr es nicht wusstet, wir machen hier unsere Geschäfte, ihr solltet verschwinden und eure Finger von unseren Kunden und Männern lassen!«

Dilara lacht hart auf und legt den Arm um Latizia. »Einerseits sind wir, wie du es gesagt hast, von den Trez Puntos und Les Surenas, und da du das ja weißt, solltest du dir merken, dass es uns nicht interessiert, welche kleine Familia denkt, irgendwelche Rechte zu haben, denn am Ende des Tages entscheiden wir, was ihr dürft und was nicht. Wir sind nicht hier um Geschäfte zu machen und haben auch kein Interesse an euren kleinen Abkommen, die ihr hier trefft.

Unsere Familia würde nie ihre Frauen losschicken, um irgendetwas zu erledigen. Andererseits, meine Liebe, solltet ihr das mal euren Männern sagen. Jedes Mal, wenn ich auf eurem Gebiet war, konnten sie nicht aufhören zu sabbern, was mich jetzt auch nicht wirklich verwundert, wo ich sehe, was sie mit euch haben. Also macht euer Ding hier, aber geht uns aus dem Weg! Wir arbeiten hier nicht, sondern amüsieren uns.«

Stefanie prustet laut los, auch Latizia muss lachen. Dilara lässt sich von niemandem etwas sagen und würde nie etwas auf ihre

Familias kommen lassen, Latizia wünschte sich ihr vorlautes Mundwerk nur zu oft. Bara blinzelt, sie scheint einen Moment zu überlegen, was sie sagen soll, doch Dilara blickt sie so unbeeindruckt an, dass sie spürt, es würde nichts bringen. »Gut, solange ihr euch nicht in unsere Geschäfte einmischt, macht was ihr wollt, aber ich behalte euch im Auge.«

Die Frauen gehen weg, sie alle tragen kaum Kleidung an sich, trotzdem ist sich Latizia sicher, dass sie irgendwo Waffen haben werden. Adán hat ihr erzählt, dass sie ebenso wie Männer für die Familia kämpfen und sie werden auf alles vorbereitet sein, wenn sie hier sind um Geschäfte zu machen, deswegen ist Latizia froh, als sie sich entfernen.

Es ertönt ein lautes hupendes Geräusch zwischen der Musik, und die Leute gehen fast alle in Richtung der großen Trampolinkäfige. Auch Bara geht mit den anderen in die Richtung, doch dann dreht sie sich noch einmal zu ihnen um. »Oh, und selbst wenn unsere Männer sich kurz von euch haben ablenken lassen, sie sind schnell zurückgekommen, sie wissen eben was gut ist!« Mit diesen Worten zwinkert sie Latizia zu. Natürlich weiß sie ganz genau, was Bara ihr damit sagen will. Ihr wird übel, wenn sie daran denkt, Adán könnte Bara berühren, wie er sie berührt hat. »Vergiss die dumme Kuh! Guck, da vorne sind welche, die ich euch vorstellen möchte, kommt schon!«

Latizia wird von Dilara zu zwei Männern gezogen, die sich ihren Streit mit Bara aus der Ferne angesehen haben. »Habt ihr eine Vorstellung, mit wem ihr euch da angelegt habt?« Beide Männer sehen gut aus, etwas älter, vielleicht Mitte 20. Latizia erkennt, dass einer von ihnen derjenige ist, mit dem Dilara die ganze Zeit getanzt hat. »Oh, wir wissen wer das ist, nur beeindruckt uns das wenig.« Dilara lächelt zuckersüß zu den Beiden und stellt Latizia vor.

Die Beiden gehören zu den Veranstaltern der Party und sind dementsprechend gefragt hier, doch sie bleiben eine ganze Weile mit Latizia und Dilara sitzen. Schnell wird klar, dass Dilara auf den

Mann steht, mit dem sie schon vorher zusammen getanzt hat, sein Freund Lonzo ist sehr von Latizia angetan.

Sie unterhalten sich. Er sieht gut aus, hat dunkle Locken und ein sehr niedliches Lächeln. Auch mag Latizia, dass er, wer auch immer kommt und etwas von ihm will, seine Aufmerksamkeit nie von ihr wendet. Als er sie nach ihrem Alter fragt, sagt sie ihm ehrlich, dass sie 17 ist. Sie wird nie wieder einen Mann belügen, das hat sie aus der Sache mit Adán wenigstens gelernt. Auch wenn Lonzo schon um einiges älter ist, gibt er zu, dass Latizia ihm schon die ganze Zeit hier aufgefallen ist.

Stefanie kommt mit Piedro und seinem Freund zurück, sie sind mehr als zugedröhnt. Sie setzen sich zu ihnen. Und obwohl sie alle gut ablenken, merkt Latizia doch, wie es immer lauter wird um die Trampolinkäfige und will sich ansehen, was es dort zu sehen gibt. Lonzo ist sofort dabei und erklärt ihr schon auf dem Weg, was dort passiert.

Statt der Trampolinnetze sind harte Matten in diese Käfige eingebaut und darin finden Kämpfe statt. Mehrere Männer kämpfen gegeneinander, ohne Waffen, ohne Hilfsmittel, der Gewinner des Ganzen gewinnt 1000 Dollar. Latizia kann das kaum glauben, doch als sie an die Käfige kommen, sieht sie selbst, was da gerade vor sich geht. Es stehen zu viele Leute drumherum, doch sobald sie mit Lonzo ankommen, machen alle Platz für sie und ein Mann kommt zu Lonzo. »Wir haben wieder einen ganz harten Kerl, vier Kämpfe gewonnen, gleich kommt der letzte Kampf.«

Latizia sieht schockiert auf das sich ihr bietende Bild, es findet gerade noch ein Kampf statt im anderen Käfig, wo ein Mann bereits am Boden liegt. Man kann nicht mehr erkennen, ob er überhaupt noch lebt. Die beiden Männer, die sich bei ihnen gerade aufstellen, sind grün und blau geschlagen, überall haben sie Wunden, doch beide machen sich für den nächsten Kampf bereit. Latizia schüttelt den Kopf. »Wieso tun sie das? Das ist doch unmenschlich! Wie könnt ihr das zulassen?« Sie versteht nicht, wie fasziniert die anderen auf das Spektakel starren, sie können gar nicht eng genug am Geschehen stehen.

»Das sind meistens arme Straßenpenner, sie brauchen das Geld, wollen auf die Party, umsonst an Drogen rankommen, was auch immer. Zudem wissen sie, dass die Familias immer hier sind und nachsehen, ob etwas für sie dabei ist, sie alle hoffen auf einen Platz bei ihnen.« Er nickt in eine Ecke, wo Bara und die anderen Frauen sitzen. Sie lassen sich gerade Getränke bringen und sehen gespannt auf die beiden Männer, die sich für den Kampf bereitmachen. Das tut sie also auch noch hier.

»Wieso verteilt ihr hier eigentlich umsonst Drogen?« Lonzo tritt näher zu ihr. »Es ist ein Geben und Nehmen. Die Familias stellen uns etwas zur Verfügung, wir besorgen reiche, verwöhnte Kids, die dann erfahren, wo sie so ein gutes Zeug in Zukunft immer bekommen. Außerdem bekommen sie die Hälfte des Eintrittspreises und besorgen sich hier immer wieder neue Männer. Siehst du den da?«

Er zeigt auf einen Mann, der gerade zu Bara geht und sich vor sie hinkniet, er redet mit ihr und massiert dabei ohne Scheu leicht ihre Oberschenkel. »Er durfte vorhin eine Extraprobe haben, er ist so begeistert, dass er sicherlich nur noch bei ihr sein Zeug kauft. Ich will nicht wissen, wie viele Tausend Dollar sie heute an neuen Kunden dazugewonnen hat. Du siehst, es lohnt sich für alle.«

Die Männer beginnen zu kämpfen und Latizia keucht auf, als der erste Schlag ausgeteilt wird. Zwar ist der eine Mann viel breiter und kräftiger, doch der andere schmächtige Mann entweicht ständig und teilt dann aus. Latizia kann sich das kaum ansehen, sie sieht, wie Bara den Kampf beobachtet und der Mann sie anhimmelt.

Latizia bekommt einen Verdacht. »Was meinst du mit Extraprobe?« Lonzo lacht. »Er durfte sie von ihren Pobacken probieren. Lass uns das Thema wechseln, ich habe nicht das Gefühl, dass du eine von diesen Frauen bist und es ist mir unangenehm, mit dir über so etwas zu reden.« Latizia ist schockiert.. Blut spritzt und mit einem gezielten Schlag gewinnt der schmächtige Mann. Der andere liegt schwerverletzt am Boden und die Menge jubelt. Latizia sieht Bara aufstehen und zufrieden auf den Gewinner blicken. Sie winkt ihn zu sich heran, dabei holt sie ihr Handy heraus. Latizia kann sich denken, wen sie anruft und wendet sich ab.

»Wie können sich die Leute so etwas gerne ansehen?« Sie kann nicht verbergen, wie krank sie so etwas findet. Lonzo bleibt bei ihr, aber statt zu den anderen zurückzugehen, setzen sie sich alleine auf ein Sofa und er bestellt Limonade für sie. »Ich denke, der Reiz liegt darin, dass es so rein ist. Die Männer kämpfen wie früher, von Angesicht zu Angesicht, ohne Schießereien, Waffen, Auge um Auge, Zahn um Zahn.«

Latizia versteht es trotz allem nicht, sie bleibt noch etwas mit Lonzo sitzen, er ist ein wirklich netter Kerl. Irgendwann kommt Stefanie zu ihnen um zu sagen, dass sie langsam los möchten, bei Piedro schlagen die Drogen langsam um und er will schlafen. Lonzo erzählt ihnen beiden noch von der nächsten Party, die in zwei Wochen geplant ist. Er weiß noch nicht wo, aber er möchte, dass sie alle unbedingt wiederkommen.

»Kennst du den? War der nicht letztens in der Einkaufsmall?« Latizias Herz schlägt augenblicklich schneller, als Stefanie hinter sie zeigt. Latizia dreht sich um, sie hatte schon länger das Gefühl, einen Blick im Rücken zu haben, und als sie sich jetzt umwendet, sieht sie direkt in Adáns Augen. Latizia steht sofort auf, während Adán ganz ruhig stehen bleibt. Er ist am Eingang, vielleicht ist er gerade erst gekommen, doch egal was um ihn herum passiert, er steht da und starrt sie an.

Latizia würde am liebsten seinem Blick ausweichen. Seit er erfahren hat, wer sie wirklich ist, hat sie ihn nicht mehr so ansehen können. Tränen steigen in ihre Augen, weil sie spürt, wie sehr er ihr fehlt. Auch wenn sie nicht viel Zeit zusammen hatten, hat sie diese umso mehr genossen. Sie kann nicht aufhören ihn anzusehen, weil sie wünschte, sie könnte etwas in seinem Blick erkennen. Ist er wütend? Hasst er sie? Verachtet er sie? Kann sie es wagen, mit ihm zu reden? Sie erkennt nichts, er steht da, seine Hände in der beigefarbenen Sommerhose, mit weißem T-Shirt und schaut auf sie hinab. Latizia kann sein schönes Gesicht sehen, seine dunklen Augen bohren sich in ihre, doch er zeigt keine Regung, bis plötzlich neben ihm vier andere Männer auftauchen, einer von ihnen sagt ihm etwas ins Ohr. Adán nickt, dreht sich um und geht in Richtung der Trampolinkäfige.

»Also wenn Blicke töten könnten, hätte Dilara jetzt echt ein Problem nach Hause zu kommen!« Stefanie legt lachend den Arm um sie und Latizia zwingt sich ein Lächeln ab, sie hat ja keine Ahnung, was das gerade war. »Wieso? Dilara kann selbst fahren.« Stefanie ist auch immer wackliger auf den Beinen. »Ich glaube das war, bevor sie die Cosmopolitan hier probiert hat, die sind aber auch lecker. Eure Partys sind der Wahnsinn!«

Latizia verdreht die Augen, also ist sie die Einzige mit einem klaren Verstand. »Lasst uns die anderen einsammeln und langsam gehen.« Es dauert, bis sie wirklich alle zusammen finden. Dilara war wieder tanzen. Piedro mussten sie zusammen von der Toilette befreien, wo er eingeschlafen war. Latizia ist froh, dass sein Freund wenigstens noch etwas klar im Kopf ist und sie anschließend gemeinsam in Richtung Ausgang gehen. Lonzo hat sie nicht mehr gesehen, nachdem Adán sie entdeckt hatte. Er wird die Blicke zwischen ihnen richtig gedeutet und sich nach etwas Neuem umgesehen haben, was gut so ist. Die Begegnung mit Adán hat sie spüren lassen, dass sie weit davon entfernt ist, über ihn hinweg zu sein, doch jetzt ist ihr größtes Problem, erst einmal alle von hier wegzubekommen.

Es dauert, bis sie den Weg zum Parkplatz hochgegangen sind. Dilara und Stefanie laufen vor, während sie mit Piedro und seinem Freund weiter hinten sind, weil Piedro sich immer wieder übergeben muss. Sie spürt aber schnell was los ist, als Dilara anfängt zu lachen und »Sieh an, wer da ist … Blauauge!« ruft. Sie beeilen sich hinter Dilara herzukommen, und als sie oben sind, sehen sie Bara und die Frauen an Autos stehen, Adán sitzt in einem zusammen mit Musa und anderen Männern, dahinter stehen noch zwei weitere Autos. In einem erkennt Latizia den Mann, der den Kampf gewonnen hat, sie wollten offenbar gerade losfahren, ohne die Frauen, die vielleicht noch auf der Party bleiben werden.

Egal was zwischen ihnen allen passiert ist, es hindert Musa nicht daran Dilara anzulächeln, als sie ihn grüßt und Bara lacht gehässig auf. Latizia bleibt wie angewurzelt stehen, die Situation kann sehr schnell eskalieren. »Endlich, fahrt bloß schnell wieder zurück in euer Gebiet.« Bara macht eine abwertende Handbewegung zu ihr. Dilara lacht laut auf, während sie zu ihrem Auto geht. »Das tun wir und du geh zurück auf die Party, es gibt sicher noch ein oder zwei männliche Wesen, die noch nicht alles von dir gesehen haben, also, husch husch, geh' arbeiten!«

Man hört einige der Tijuas leise raunen, Musa lacht auf und Bara will gerade etwas erwidern, da werden sie zum Glück unterbrochen. »Latizia!« Lonzo kommt zu ihnen, er hat sich offenbar beeilt sie noch zu erreichen, denn er ist ganz außer Puste. »Ich hatte euch nicht mehr gesehen. Ich hoffe, ihr kommt zur nächsten Party, ich habe schon Bescheid gegeben, dass du die Armbänder durch Raqis bekommst, ihr seid natürlich eingeladen.« Sie braucht sich nicht umzudrehen, als sie Reifen quietschen und ein Auto davonrasen hört, sie weiß, dass es Adán ist. Alle fahren davon, selbst Bara geht ohne noch ein Wort zu verlieren weg.

Latizia schließt die Augen, kann nicht begreifen, was alles geschehen ist in der letzten halben Stunde. Ihr Magen fühlt sich an, als wäre sie eine Woche Achterbahn gefahren. Obwohl sie die Einzige ist, die weder Drogen noch Alkohol zu sich genommen hat, hat sie das Gefühl, sich übergeben zu müssen. »Was ist, habt ihr Lust zu kommen?«

Dilara hakt sich bei Latizia unter und lächelt Lonzo an.

»Gerne doch, die Party war wirklich der Wahnsinn!«

Kapitel 4

»Was soll das bedeuten?« Sanchez kann nicht verbergen, dass er sauer ist, auch wenn er diesem kleinen Geschäftsmann nicht all zu viel Aufmerksamkeit schenken sollte. »Ich hoffe ihr versteht das, die Einnahmen waren die letzten Monate nicht sehr gut und ich kann mir diesen Schutz nicht mehr leisten. Als ich von den Tijuas gehört habe, war das so etwas wie meine letzte Chance. Sobald die Geschäfte wieder besser laufen, werde ich euch anrufen. Eure Väter haben uns damals gesagt, ihr würdet niemanden zwingen bei euch zu bleiben und … es geht momentan einfach finanziell nicht.«

Leandro ist schon hinausgegangen, es ist nur ein Geschäftsmann, Peanuts für sie, doch es ist schon der zweite diese Woche, der zu den Tijuas gewechselt ist. Als Sanchez seinem Cousin folgt, atmet der Mann, bei dem sie gerade waren, erleichtert aus, wahrscheinlich hatte er erwartet, dass sie sich darüber aufregen. »Auf was hast du Hunger, kennst du den Laden? Lass uns dort etwas essen.« Sanchez ist es egal und er folgt Leandro, sie sind seit heute Morgen unterwegs und erst jetzt kommen sie dazu, richtig etwas zu essen.

Sie suchen sich einen Tisch in dem leeren Laden. Leandro studiert sofort die Karte, Sanchez sieht aus dem Fenster zu dem Laden, der nun nicht mehr unter ihrem Schutz steht. »Es wird Zeit, dass Miguel und die anderen wiederkommen, die Arbeit wird immer mehr, sonst müssen die Jüngeren auch langsam ran.« Sanchez schnalzt die Zunge. »Findest du es gar nicht komisch? Das ist der zweite Laden diese Woche, die Tijuas lehnen sich immer mehr auf, diesen Adán scheint das Abkommen nicht mehr sehr zu interessieren.«

Die Kellnerin kommt. Leandro gibt seine Bestellung auf, Sanchez sagt ihr, dass er das gleiche will. Die Kellnerin wirkt leicht verlegen, als sie sich alles aufschreibt und noch einmal zu ihnen lächelt, bevor sie weggeht. »Willst du mich verarschen, Sanchez? Wir haben vor einer Stunde einen 250.000 Dollar Deal abgeschlossen, du denkst doch nicht, dass mich so etwas interessiert? Umso besser, wenn einige der kleinen Läden wegfallen, wir haben dafür nicht mehr die Zeit.« Sanchez sieht wieder zu dem Laden.

»Darum geht es nicht, es geht um die Tijuas. Du hast doch gestern auch mitbekommen, dass drei von ihnen in Safia auf zwei von uns gestoßen sind und sie sich beinahe alle an die Gurgel gegangen wären. Ich habe das Gefühl, er hat etwas vor. Adán will uns provozieren.« Leandro lehnt sich zurück. »Kann sein, wir behalten das im Auge. Aber weißt du, was dein Vater mir früher immer gesagt hat? Löwen interessiert es nicht, was Schafe denken. Mach dir keine Gedanken über diese Leute, behalte deinen Fokus auf unserer Familia und unseren Geschäften. Wenn Adán weiterhin Stress macht, werden die Tijuas ausgeschaltet und gut ist. Kein Grund, sich Gedanken zu machen.«

Die Kellnerin stellt ihnen die Getränke hin und Sanchez nickt. Sie stoßen an. »Auf die Familia!«

Zwei Stunden später halten sie vor der Einkaufspassage in Sierra, Dania ist hier und hat gerade Leandro angerufen, weil ihr Auto nicht anspringt. Als sie auf den Parkplatz fahren, steht auch Celestine an dem kleinen Schrotthaufen, den sich Dania zugelegt hat. »Habe ich es dir nicht gesagt?« Leandro grinst breit als er aussteigt und Dania begrüßt. Sanchez bleibt sitzen und hebt nur die Hand in Richtung Leandros Freundin, Celestine sieht er nicht einmal richtig an. Als er letzte Woche das letzte Mal vor der Uni war, ist ihm etwas bewusst geworden.

»Das heißt nicht, dass man ihn verschrotten muss, das kann auch bei deinem Auto passieren. Ich habe die Werkstatt angerufen, sie kommen ihn bald abholen und reparieren ihn.« Leandro dreht sich fassungslos zu Sanchez um und der muss lachen. Er war oft genug dabei, als sein Cousin Dania überreden wollte, ihr ein Auto kaufen zu dürfen. Dania will nicht von Leandros Geld leben, deswegen fährt sie stur die Schrottkiste und verzichtet auf den silbernen Mercedes, den Leandro ihr holen wollte.

Leandro begrüßt Celestine. Sanchez holt sein Handy heraus um zu sehen, was für eine Nachricht er bekommen hat, vielleicht auch, um so wenig Augenkontakt wie nur möglich zu der Arzttochter zu bekommen. Erst als die beiden Frauen hinten im Auto einsteigen, sieht er wieder hoch und gibt dann Gas, sobald alle sitzen.

»Ist alles ok bei dir, Sanchez?« Sanchez spürt die Blicke von Celestine und Dania in seinem Rücken, auch Leandro blickt zu ihm, doch er nickt nur. »Alles bestens!« Noch vor einigen Tagen hätte er diese Chance genutzt und Celestine geärgert, ihre Nähe gesucht, doch gerade ist ihm all das relativ egal geworden. Dania fragt Leandro wie es gelaufen ist und Sanchez ist froh, dass sie sich, bis sie vor Leandros Haus halten, unterhalten.

Latizia kommt gerade mit den beiden Hunden aus dem Haus und begrüßt sie. »Soll ich dich mitnehmen?« Nur Celestine und Sanchez bleiben im Auto sitzen, als Leandro und Dania aussteigen und sich letztere von Celestine verabschiedet. »Nein danke, ich gehe mit den beiden an den Strand.« Sanchez hat in letzter Zeit öfter die traurigen Augen seiner Cousine bemerkt. Leandro legt den Arm um Dania und geht zu sich ins neue Haus, wo auch Sanchez bald einziehen wird. Da er aber ein Surround-System in seinem Zimmer haben möchte, dauern die Arbeiten bei ihm noch etwas länger.

»Ich komme später ins Cielo!« Leandro dreht sich noch einmal zu ihm um. »Ich werde mit den anderen wegen der Tijuas reden, sie sollen zumindest alle wissen, dass sie gerade anfangen sich mit uns anzulegen.« Leandro nickt, woraufhin Latizia stehen bleibt und ihm erschrocken in die Augen sieht. Leandro bemerkt es gar nicht und geht weiter. Sanchez aber hat Latizias erschrockenes Gesicht bemerkt. »Alles ok, Latizia?« Sie nickt. »Ich muss los!«

Sein Cousin ist glücklich. Sanchez mag Dania und er gönnt Leandro dieses Glück von Herzen, doch muss er aufpassen, dass er jetzt nicht alles andere aus den Augen verliert. Sanchez wird ihn später fragen, ob ihm nicht auffällt, dass es seiner Schwester nicht gut zu gehen scheint. Latizia lächelt noch einmal zu ihm und

Celestine ins Auto und läuft dann los. Sanchez gibt Gas und fährt in Richtung des Hauses der Ärztin, das auf halber Strecke zu seinem Haus liegt.

»Du warst schon seit einigen Tagen nicht mehr vor der Uni ...« Celestine unterbricht das Schweigen leise, doch Sanchez hat sie gehört. Er sieht in den Rückspiegel und begegnet ihren Augen. Es sind nicht mehr die selben Augen, die ihn früher immer so verschämt gemustert haben. Zwar sind sie noch da, doch als er sie jetzt ansieht, wendet sie nach kurzer Zeit den Blick wieder ab. Es hat sich etwas verändert, Celestine hat sich verändert.

»Nein, ich habe viel zu tun.« Er sieht wieder auf die Straße, es ist still, bis er vor der Haustür der Ärztin hält. »Mir scheint es fast so, als wäre für dich das Spiel, was du noch vor ein paar Wochen unbedingt beginnen wolltest, zu Ende.« Sanchez dreht sich leicht zu ihr um, als sie aus dem Auto steigen will. Er sieht auf ihre kurzen Shorts und das enge Top, die High Heels, ihre gewellten Haare.

»Der Gewinn des Spiels hat sich geändert, vielleicht liegt es daran!« Celestine hält ein, sieht ihn sauer an und steigt aus dem Auto. »Arschloch!« Sanchez flucht, er hat nie behauptet, sie wäre ihm egal. Deswegen steigt auch er aus und sieht ihr hinterher, als sie zu ihrer Haustür gehen will. »Wieso Arschloch? Weil ich ehrlich bin?« Celestine lacht bitter auf, doch sie kommt zu ihm zurück.

»Nein, nicht deshalb, sondern weil du noch immer nicht weißt, was du willst und auf Äußerlichkeiten achtest. Es war von Anfang an so, ich weiß nicht, ob ich das will, ich weiß nicht, ob ich dich will. Es sollte dir egal sein, was alles dagegen spricht, es sollte dir egal sein, ob ich einen Jogginganzug trage oder einen Bikini, ob ich geschminkt bin oder nicht. Wenn du mich wolltest, wäre es so, aber du bist dir noch genauso unsicher, wie als du bei mir im Krankenhaus warst. Mit so etwas kann ich nichts anfangen!«

Sie will gehen, doch er hält sie zurück. »Du bist aber nicht mehr die selbe Frau wie damals im Krankenhaus, du kleisterst dich mit Schminke zu. Sieh an, was du jetzt für Klamotten trägst, du bist ständig von Männern umgeben, es ist kaum noch ein Unterschied zwischen dir und allen anderen Frauen, mit denen ich immer zu tun habe. Von der Celi, meiner Celi, die mit den Knoten auf dem Kopf und den neugierigen Augen, ist nichts mehr da.«

Celestine reißt ihren Arm von ihm los. »Vielleicht, weil sie dir nicht genug war. So war ich dir nicht genug, jetzt ist es dir zu viel, ich habe keine Lust mehr darauf zu warten, dass du endlich weißt, was du willst oder auch nicht, Sanchez. Denn egal, was du getan oder wie du dich verhalten hast, ich habe nie daran gezweifelt, was ich will, schon die ganze Zeit über ...« Sie setzt an noch etwas zu sagen, doch dann dreht sie ihm einfach nur den Rücken zu und geht ins Haus. Sanchez setzt sich zurück ins Auto, schlägt die Tür zu und rast los. »Verdammte Frauen!«

Dilara zieht sich die Sonnenbrille höher, es ist zu hell, sie hat die Nacht schlecht geschlafen, auch die vielen Stunden an der Uni haben sie nicht wach werden lassen. »Wollen wir noch etwas unternehmen? Vielleicht etwas essen gehen?« Stefanie kommt hinter Dilara die Stufen herab und gleichzeitig stellt sich Raqis in ihren Weg. Sie hört jemanden hupen, doch der Mann, der hier für die wirklich guten Partys zuständig ist, versperrt ihr den Weg. »Nächsten Samstag findet wieder eine Party statt.«

Dilara nickt, die Party war gut, doch sie weiß noch nicht, ob sie gleich wieder auf solch eine Feier wollen, vielleicht lassen sie auch einmal eine aus. »Ich gebe dir Bescheid, wenn wi ....« Er hält ihr drei Bänder hin. »Lonzo hat euch eingeladen, schöne Grüße an Latizia.« Er legt sie in ihre Hand und Stefanie klatscht in die Hände. »Wie genial.« Noch einmal dreht sich Raqis um. »Ach übrigens, das Motto ist dieses Mal 'sweet like Candy'.« Mit einem Zwinkern wendet er sich wieder ab und Dilara hebt die Schultern. »Mal sehen, was Latizia sagt.«

»Ist sie in der Uni? Wir können sie abholen.« Dilara schüttelt den Kopf. »Ich fahre lieber alleine, ich muss eh noch etwas mit ihr besprechen, wir sehen uns morgen, ok?« Sie verabschieden sich. Dilara muss ihr nicht auf die Nase binden, dass es Latizia ziemlich zurückgeworfen hat, Adán auf der Party zu sehen, sie beide hatten seitdem viel zu tun und haben es nicht geschafft, sich die Zeit für ein richtiges Gespräch zu nehmen. Wegen der OP haben sie auch nicht miteinander gesprochen, Dilara spürt, dass es Latizia nicht gut geht, sie weiß nur nicht, wie sie ihr am besten helfen könnte.

Gerade als sie ihr Cabrio ansteuert, hupt es erneut und ihr Blick fällt auf einen blauen Mercedes. Sie muss die Sonnenbrille abnehmen, doch als sie dann erkennt, wer lässig hinterm Steuer sitzt und sie zu sich winkt, traut sie trotzdem ihren Augen nicht. »Wenn du vorhast, dich töten zu lassen, wäre es nett, mich da nicht mit reinzuziehen, ich trage heute weiß!« Sie zeigt auf ihr weißes Sommerkleid, das den ganzen Tag ohne Flecken überstanden hat und sieht durch das geöffnete Fenster in Musas blaue Augen.

»Keine Sorge, Guapa, ich habe nicht vor, dich irgendwo mit reinzuziehen. Setz dich, ich muss etwas mit dir besprechen. Es ist wichtig, sonst wäre ich sicher nicht hier!« Er öffnet ihr von innen die Beifahrertür, einen Moment zögert Dilara. »Willst du mich entführen?« Musa lacht, er hat ein schönes Lachen. »Doch bestimmt mal eines Tages, momentan ist dafür keine Zeit, aber wir kommen darauf noch einmal zurück.«

Dilara muss auch lachen und steigt ein. »Im Ernst, was tust du hier? Wenn dich jemand von unseren Leuten sieht, kann das böse enden, ich denke nicht, dass ich dir das erklären muss.« Musa sieht sich um. Der Parkplatz leert sich langsam und sie haben einen guten Überblick, was passiert. »Ich musste das Risiko eingehen. Eigentlich wollte ich zu Latizia nach Sevilla an die Uni, Adán hatte mir erzählt, dass sie dort hingeht, aber gestern war sie nicht da. Deshalb dachte ich, ich probiere es hier und habe dich gleich gefunden.«

Das hört sich gar nicht gut an, es ist wirklich gefährlich und Musa geht das Risiko sicher nicht umsonst ein. »Okay, hör mal, bevor wir dazu kommen, ich weiß, dass einiges … blöd gelaufen ist. Wir hatten nicht vor euch zu belügen, wir wollten wirklich an dem Tag nur ins Tierheim und haben deshalb verschwiegen, wer wir wirklich sind, alles was danach passiert ist, hat sich so entwickelt.«

Musa lehnt sich entspannt zurück, sein rechter Arm ist am Autofenster, er streicht sich über sein glattrasiertes Kinn und sieht erst auf den Parkplatz und dann zu ihr. »Na ja, für mich war das nicht besonders schlimm, mit Adán sieht es da schon anders aus.« Dilara nickt und schaut ebenfalls zu ihm. »Ich weiß, natürlich, aber ich wollte, dass es einmal gesagt ist und ihr nicht denkt, wir sind zu euch gefahren und hatten all das geplant.«

Musa nickt. »Das Problem ist, Adán interessiert das Ansehen und die Macht anderer Familias nicht.« Dilara will etwas sagen, doch Musa deutet ihr zu warten. »Als Adán sich mit Latizia getroffen hat, hatte er sich irgendwie verändert, alle haben das gemerkt. Er ist niemand, der viel über sich redet, doch wer ihn kennt, hat auch ohne viele Worte gemerkt, dass er Latizia sehr gerne bei sich hatte. Besonders haben wir es gemerkt, als er irgendwann kam und meinte, dass sie sich erst einmal nicht mehr sehen. Er war angepisst, keiner hat sie mehr erwähnt und dann haben wir euch einige Tage später mit euren Vätern angetroffen.

Es war nicht nur, dass er angelogen wurde, auch dass wir alle gewusst haben, dass er Latizia sehr gemocht hat ...« Dilara seufzt leise auf, es ist wirklich blöd gelaufen. »Meine Cousine mag ihn aber auch wirklich sehr, ihr geht es immer noch nicht gut, sie wollte all das nicht.« Musa zuckt die Schultern. »Was passiert ist, ist passiert. Man kann all das auch nicht mehr ändern. Um ehrlich zu sein, hat Adán danach nicht mehr davon gesprochen, ich habe schon gemerkt, dass er oft mit seinen Gedanken woanders war, aber ... na ja, alles hat sich geändert, als wir euch auf der Party gesehen haben.

Adán ist seitdem wütender als davor, er macht unüberlegte Sachen und fordert eure Familias heraus. Adán ist unser Anführer, ich vertraue ihm, ich habe auch kein Problem, mich mit den Trez Puntos, Les Surenas oder wem auch immer anzulegen, aber ich weiß, dass er es nur macht, um sich an Latizia zu rächen, weil er sauer ist, und das ist es, was ich nicht will. Es geht uns allen momentan sehr gut, es ist unsinnig einen Krieg anzufangen, das Leben unserer und eurer Männer zu riskieren wegen der Aktion, die ihr abgezogen habt.«

Dilara ist etwas überfordert mir all diesen Infos. »Was heißt das, er fordert uns heraus? Ich habe noch nichts gehört, was hat er getan?« Musa sieht auf sein Handy. »Noch nicht sehr viel, aber er hat einiges vor.« Dilara schüttelt den Kopf. »Ist er wahnsinnig? Ich meine, ihm muss doch klar sein, dass wir euch ...« Musa hebt die Hand. »Dilara, ich weiß, dass du hinter deiner Familie stehst, aber glaub mir, keiner von uns hat Angst vor ihnen oder sonst wem. Der einzige Grund, warum ich hier bin, ist, einen unnötigen Krieg zu verhindern.«

Allein die Tatsache, dass Musa sich hergewagt hat, zeigt, wie ernst die Lage ist. »Ich werde mit Latizia reden, vielleicht hilft es, wenn sie mit ihm redet, aber wie soll das funktionieren? Wenn er so sauer ist, wird er sich sicherlich nicht mit ihr treffen und ich will sie auch nicht irgendwo hinlassen, wo sie in Gefahr sein könnte.«

Musa nickt und nimmt sein Handy wieder zur Hand. »Gib mir deine Nummer, ich gebe dir meine. Ich werde ihn irgendwo nach Sevilla bringen, wo die beiden ungestört sind. Sobald sie zustimmt, ruf mich an.« Dilara und er tauschen ihre Nummern aus, als sich ihre Hände kurz berühren, sieht er ihr in die Augen. »Dich scheint es aber nicht abzuschrecken, zu welcher Familia ich gehöre.« Musa zuckt die Schultern und streicht ihr eine ihrer Locken hinter ihr Ohr. Dilara zuckt reflexartig zurück.

»Du bist eh eine Frau, die sich unerreichbar stellt.« Dilara lacht leise auf und schließt ihre Tasche. Bevor sie aus dem Auto steigt, sieht sie ihn noch einmal an. »Ich stelle mich nicht so, ich habe ab und zu meinen Spaß, an mehr habe ich kein Interesse. Es ist egal, um wen es sich handelt, aber besonders wenn ein Mann zu einer Familia gehört, mache ich einen großen Bogen um ihn.« Sie steigt aus, doch Musa beugt sich zu ihrem Platz und schaut zu ihr aus dem Fenster.

»Du willst dich nicht verlieben, aber wenn ich sehe, wie du zu Latizia bist, bin ich mir sicher, dass du für die Person, die du liebst, alles machen wirst.« Dilara lacht. »Musa, ich habe dreizehn Cousins. Ich weiß wie ihr Männer tickt und ich werde den Teufel tun und mich verlieben, garantiert.« Er lacht und Dilara muss schmunzeln. »DU kannst es nicht verhindern. Wenn du dich verliebst, passiert es!« Dilara geht nun endgültig vom Auto weg und Musa startet den Wagen.

»Pass auf, dass dich niemand sieht!«

»Melde dich, wenn du mit ihr geredet hast, es muss schnell gehen. Wenn ein Krieg ausbricht, würde das allen schaden!«

Egal wie nett es war Musa wiederzusehen, seine letzten Worte waren deutlich genug. Noch während Dilara zu ihrem Auto geht, nimmt sie ihr Handy und ruft Latizia an.

Kapitel 5

»Schatz? Würdest du langsam aufstehen? Wie soll das erst werden, wenn du mit Leandro und den anderen zusammen wohnst?« Sanchez zieht seine Decke wieder zurück, als seine Mutter einfach in sein Zimmer kommt und ihm die Decke wegziehen möchte, er kommt sich vor, als wäre er wieder zehn. »Lass das, Mama, ich bin erst vor ein paar Stunden ins Bett gegangen!«

Seine Mutter legt Wäsche in sein Zimmer. »Ich befürchte, du mutierst langsam zu einem Vampir, du schläfst den ganzen Tag und bist die ganze Nacht unterwegs, das kann nicht gesund sein.«

»Lass ihn in Ruhe, er hat momentan viel zu tun!« Sanchez hört seinen Vater von unten und reibt sich müde die Augen. Seine Mutter öffnet die Schranktüren, schließt sie wieder, öffnet die Schubladen und knallt sie wieder zu. Als dann auch noch ihr Handy auf dem Berg Wäsche klingelt, den sie noch wegzuräumen hat, flucht Sanchez leise und steht müde auf, bevor seine Mutter anfängt, sich laut mit Sam darüber zu unterhalten, wo sie sich später treffen.

Er ist noch zu müde, kann seine Augen kaum öffnen. Als er ins Erdgeschoss und in die offene Küche kommt und die Sonne ihn aus den Fensterscheiben blendet, wird es noch schlimmer. »Hab dich nicht so, mich hat sie schon vor zwei Stunden aus dem Bett geschmissen.« Sanchez blickt zu seinem Vater, der an der Küchentheke sitzt und sich irgendwelche Unterlagen ansieht, während er Kaffee trinkt, er hat nur eine Shorts und ein T-Shirt an und Sanchez ist sich sicher, dass sein Vater bereits trainieren war.

Sanchez ist sogar noch zu müde zum Antworten, geht zur Kaffeemaschine und gießt sich unter dem leisen Lachen seines Vaters Kaffee ein, dabei fällt sein Blick auf die Straße und er sieht, wie seine Oma vor ihrer Haustür mit Frau Anoltzas redet. Er hört noch jemanden in die Küche kommen, sieht aber auf die beiden Frauen, die sich freundschaftlich umarmen. Sanchez schnalzt die

Zunge und lässt das Rollo herunter, um sich die Ärztin nicht mehr ansehen zu müssen.

»Was ist los, bist du immer noch sauer auf unsere Ärztin?« Er kommt nicht einmal dazu zu antworten, denn Ciro, der derjenige war, der ebenfalls die Küche betreten hat und sich etwas aus dem Kühlschrank holt, knallt diesen wieder zu. »Er ist seit einigen Tagen auf die ganze Welt sauer, ich habe gehört, es gab Streit mit der Arzttochter.« Sanchez sieht zu seinem Bruder, in letzter Zeit geht er ihm immer mehr auf die Nerven. Aus den Augenwinkeln bemerkt er, wie sein Vater sich zurücklehnt und seine Söhne beobachtet.

Sanchez ist kurz davor auszuflippen, Ciro sieht ihn provozierend an. Sanchez zeigt mit dem Finger drohend auf ihn. »Hör mir genau zu, es ist mir egal wie alt du jetzt mittlerweile bist, wenn du dich nicht etwas mehr zurückhältst, werde ich dir gewaltig in den Arsch treten, wie früher, also pass auf!« Ciro nimmt einen Schluck Orangensaft und zeigt ihm den Mittelfinger. »Wir sind keine Kinder mehr, du kannst mich nicht wie früher verprügeln. Kläre das mit Celestine und lass deine Launen woanders raus.«

Mit diesen Worten geht sein Bruder die Treppe hinauf, Sanchez blickt ihm wütend nach. »Im Übrigen, du hättest heute keine Chance mehr!« Ciro dreht sich noch einmal um und grinst frech. Im nächsten Moment fliegt einer der Äpfel, die neben Sanchez stehen, auf ihn zu, doch Ciro fängt ihn, beißt hinein und geht in Richtung seines Zimmers.

Er ist nicht einmal eine halbe Stunde wach und der Tag ist bereits für ihn gelaufen. »Was ist mit der Arzttochter? Ihr dürft euch doch jetzt sehen.« Sanchez würde am liebsten die Augen verdrehen, jetzt auch noch sein Vater. »Ich will keine Beziehung, okay? Es ist besser so und es wäre auch besser, wenn mich nicht jeder damit volltexten würde. Wenn ich 30 bin, kann ich noch einmal darüber nachdenken.«

Sein Vater steht auf und hat ein Lächeln im Gesicht, als er zu ihm kommt. Dieses Lächeln kennt Sanchez nur zu gut, es ist das ganzmein-Sohn-Lächeln. »Ich weiß wie du dich fühlst, glaub mir, ich habe mich mit Händen und Füßen gewehrt, mich fest an deine Mutter zu binden.« Sein Vater zeigt auf ein Bild was ihn und Sanchez' Mutter auf der Hochzeit von Paco und Bella zeigt.

»Sie war immer mein Leben, aber ich wollte frei sein. Aber das geht nicht, nicht, wenn du die Frau liebst und so wie du reagierst, ist es offensichtlich, dass Celestine dir mehr bedeutet, als du es vielleicht zugeben willst. Überlege dir gut, was du tust, bevor du einen Fehler machst, den du irgendwann einmal bereuen wirst.« Sein Vater legt den Arm um ihn und gibt seinem Sohn einen Kuss auf die Wange.

Er ist zu alt für so etwas, trotzdem sagt er nichts dazu. Sein Vater nimmt sich die Autoschlüssel, offenbar muss er los. »Glaube mir eins, mein Sohn, ich bereue nichts! Ich bin froh, eine feste Bindung zu deiner Mutter eingegangen zu sein, sonst gäbe es weder dich noch Ciro, noch sonst etwas hier. Mach keinen Fehler und spring über deinen Stolz. Höre wenigstens ab und zu noch auf deinen Vater.« Nach diesem Vortrag verlässt sein Vater das Haus, Sanchez blickt ihm nach und flucht leise.

Was für ein beschissener Morgen.

»Das ist doch nicht dein Ernst, oder?« Latizia sieht fassungslos zu Dilara, als sie ihr alles erzählt hat. »Ich denke, es ist keine schlechte Idee mit ihm zu reden.« Latizia zieht ihre Cousine aus der Uni, sie hat heute bis in den späten Nachmittag Kurse, doch Dilara ist gerade mitten in einen reingeplatzt und hat sie herausgeholt, nachdem Latizia nicht ans Handy gegangen ist.

»Vor nicht einmal zwei Wochen hat Adán mich auf der Party angestarrt, als wolle er mich töten, du erinnerst dich? Und jetzt soll ich ihn … beruhigen?« Dilara sieht sich um, Latizia wird allein beim Gedanken daran panisch und laut. »Eben, Latizia, er hat dich angestarrt, er hat dir nichts getan, dich nicht fertiggemacht, keinen Ärger gemacht. Du weißt, dass eure ersten Begegnungen, nachdem die Wahrheit herausgekommen ist, noch viel schlimmer hätten ablaufen können, aber er tut dir nichts, nur deshalb denke ich, mit ihm zu reden würde etwas bringen.«

Latizia streicht sich hektisch einige Strähnen aus dem Gesicht. »Gestern war ich im neuen Haus um Bettwäsche hinzubringen, da habe ich gehört, wie Rico Damian am Telefon erzählt hat, dass die Tijuas anfangen sie zu provozieren. Es hat sich nicht so angehört, als würde er es ernst nehmen, zumindest bleiben die anderen noch länger in Schweden. Sami hat dort seine Traumfrau gefunden und sie wollen noch bis zu Jennifers Geburtstag unten bleiben. Sie nehmen die Tijuas noch nicht ernst, doch wenn Musa recht hat und Adán immer weiter macht, wird es nicht lange dauern und es gibt Krieg.« Latizia schnürt sich das Herz zu, allein beim Gedanken daran.

»Und das, weil wir gelogen haben und Adán sich rächen will.« Dilara sieht Latizia mahnend an, was sie nicht braucht, ihr schlechtes Gewissen ist eh schon erdrückend. »Okay, dann rede ich mit ihm, ich hoffe nur, dass es alles nicht noch schlimmer macht.« Dilara holt ihr Handy heraus. »Wir können nur hoffen, dass wenn du dich noch einmal richtig entschuldigst oder erklärst, er zumindest aufhört Streit zu provozieren.«

Latizia kann nur hoffen, dass ihre Cousine recht hat. Sie weiß, all das ist ihre Schuld, wenn jetzt deshalb auch noch ein Krieg zwischen den Familias ausbricht und jemand verletzt wird, könnte sie sich das nie verzeihen. Dilara erreicht Musa und macht den Lautsprecher an. Latizia sagt ihm, dass sie mit Adán reden möchte. Musa war wohl gerade bei ihm im Haus und er schläft noch. Als er vorschlägt, sich etwas später zu treffen, grummelt es in Latizias Magen.

»Wie habt ihr euch das überhaupt vorgestellt, wo sollen wir uns treffen? Wir können hier in Sevilla jederzeit gesehen werden. Wenn bis jetzt noch kein Krieg ausgebrochen ist, wird es dann spätestens der Fall sein. Das geht nicht, wir dürfen nicht zusammen gesehen werden.« Dilara und auch Musa sind einen Moment ruhig, natürlich hat Latizia recht, so ist es viel zu riskant. »Ich hole euch ab und bringe dich zu ihm ins Haus. Bei uns im Gebiet ist wenigstens garantiert, dass euch niemand von eurer Familia sieht. Jetzt ist Adán zuhause.« Dilara und Latizia schütteln fast zeitgleich den Kopf. »Wir dürfen nicht in euer Gebiet, aber auch wenn du nichts dagegen hast, gibt es sicherlich viele, die uns dort nicht sehen wollen.«

Musa lacht kurz auf. »Mag sein, aber niemand sagt etwas gegen mich oder Adán und der mag wirklich sehr sauer sein, aber er würde euch niemals etwas tun. Kommt zum Eingang unseres Gebietes, ich warte da auf euch!« Er legt auf. Latizia sieht panisch zu ihrer Cousine, die selbst nicht so recht zu wissen scheint, was sie jetzt tun sollen, doch dann steckt sie das Handy ein. »Wir müssen es probieren, wir haben es vermasselt, also biegen wir es jetzt auch wieder gerade!«

Latizia weiß nicht, weshalb ihr Herz so schnell schlägt. Wegen der Angst, nun das Gebiet der Tijuas zu betreten? Wegen des Treffens mit Adán und der Aussprache, die sich jetzt nicht mehr vermeiden lässt? Oder ist es all das gleichzeitig, was ihr das Atmen schwer macht, als sie neben den beiden Sträuchern am Anfang des Gebietes halten und Latizias Auto so versteckt wie möglich parken.

»Sollen wir wirklich? So hat das alles doch erst angefangen. Ich habe kein gutes Gefühl.« Obwohl Dilara sich am Anfang so sicher war, blickt sie sich jetzt eingeschüchtert um, sie weiß, in was für eine Gefahr sie sich begeben. Vor ihnen hält schon ein Auto, aus dem nur Musa steigt. »So hat alles angefangen und wir beenden es jetzt, komm!«

Zum ersten Mal ist Dilara die Zögernde und Latizia geht vor zu Musa, der sich gegen das Auto lehnt. »Bist du bereit? Ich kann dir nicht sagen wie er reagiert, aber ich denke, du weißt selbst, dass er vielleicht wütend ist, dir aber nie etwas tun würde.« Latizia hat vergessen, wie stark auch die Ausstrahlung von Musa ist, er ist dunkel und hat diese wahnsinnigen blauen Augen, dazu hat er ein Grübchen auf der linken Wange und sieht einfach aus wie ein Mann, der nicht leicht zu bändigen ist.

Als er jetzt aber zu ihrer Cousine sieht, die unsicher auf der Grenze stehen bleibt, erkennt Latizia, dass er vielleicht doch gar nicht so schwer zu bändigen ist, nicht bei dem sanften Blick, den er Dilara zuwirft. »Was tust du da?« Dilara verschränkt die Arme vor der Brust. »Latizia, komm noch einmal zurück, wir sollten noch einmal ...« Musa lacht leise und geht zu Dilara.

»Denkst du, dass du da sicher bist?« Latizia lehnt sich jetzt ans Auto und beobachtet die Beiden schmunzelnd. Dilara trägt einen knielangen, engen schwarzen Rock, Pumps und ein rotes Top mit einem Ausschnitt, der verboten werde sollte und wirkt so fein, so fehl am Platz hier. Sie streicht sich ihre langen schwarzen Locken nach hinten, während Musa mit seiner einfachen Jeans und dem schwarzen ärmellosen Shirt auf sie zukommt.

»Ich stehe noch auf unserem Gebiet!« Musa stoppt nicht, ohne zu zögern greift er nach Dilara und wirft sie sich über die Schulter. »Merk dir eins, meine Hübsche, wenn ich zu dir will, halten mich keine Grenzen davon ab. Also los jetzt, bringen wir deine Cousine zu Adán!« Dilara strampelt wütend in seinen Armen herum, bis er sie am Auto absetzt. Latizia muss sich ein lautes Lachen verkneifen. »Mach das nie wieder!« Dilara klopft sich ab und steigt wütend hinten ins Auto.

Musa zwinkert Latizia zu, bevor sie einsteigen. »Irgendwann wird sie mich anflehen, dass ich sie in den Arm nehme, du wirst schon sehen.«

Die gute Stimmung ist aber weg, sobald sie losfahren, zum Glück begegnen sie kaum anderen Autos. Doch je näher sie Adáns Haus kommen, umso unruhiger werden alle. Auch Musa trommelt nervös mit dem Finger aufs Lenkrad. Latizia ist sich sicher, dass er ebenso Ärger bekommen wird, weil er sie hergebracht hat, doch wenn Musa weiß, dass es so ernst ist und er sich diesen Ärger einzufangen muss, um schlimmeres zu verhindern, dann muss auch Latizia so mutig sein und all das stoppen.

»Ich werde sagen, dass es meine Idee war, dass ich dich gebeten habe …« Musa unterbricht sie, als sie bei Adán einbiegen. »Tu mir einen Gefallen, Latizia. Egal was du ihm sagst, belüge ihn nicht wieder, egal wie beschissen die Wahrheit ist, sage sie ihm!« Latizia nickt, er hat recht und jetzt ist es zu spät sich weitere Gedanken zu machen, denn sie fahren zu Adáns Haus. Er schläft nicht mehr, drei Männer stehen auf der Veranda vor dem Haus und unterhalten sich.

Zwei tragen rote T-Shirts und sehen fast identisch aus, auch wenn Adán ihnen den Rücken zugekehrt hat, erkennt Latizia ihn sofort. Er ist noch nicht lange wach, er trägt nur eine Jeans, nichts am Oberkörper, sie blicken kurz zum Auto und wieder weg. Sie denken nicht daran, dass jemand bei Musa sein könnte. Die Männer geben Adán einige Rollen, vielleicht Geldrollen, und erst als sie halten, sieht Adán noch einmal zu ihnen und sein Gesicht versteinert sofort.

Er bekommt den gleichen Ausdruck im Gesicht wie auch schon, als er sie auf der Party gesehen hat. Doch dann reagiert er schnell und Latizia weiß, sie muss schneller sein. Adán blickt sich um, dann kommt er auf ihr Auto zu. »Was zur Hölle denkst du dir, sie hierher zu bringen?«

Bevor Adán ganz am Auto ist, steigt sie schnell aus und hindert ihn daran, näher ans Auto zu kommen. »Ich muss mit dir reden Adán, bitte!« Er stockt, bleibt genau vor ihr stehen, seine dunklen Augen durchbohren sie wütend und seine Brust hebt und senkt sich, so aufgebracht ist er. Es ist das erste Mal, dass Latizia wieder direkt ihr Wort an ihn richtet, das erste Mal, dass sie ihm so nah ist und in die Augen sieht, seit sie sich damals im Auto vor ihrer Uni von ihm getrennt hat.

Gerade als sie denkt, er würde ihr antworten, blickt er an ihr vorbei. »Musa, du kannst nicht …« Wenn er ihr jetzt so nah ist, fällt es Latizia schwer so zu tun, als wolle sie diese Nähe nicht. Ohne darüber nachzudenken hält sie ihn auf, als er an ihr vorbei zum Auto möchte, indem sie ihm ihre Hände auf die Brust legt. »Adán, bitte, ich will nur ein paar Minuten mit dir reden, danach kannst du machen was du willst, gib mir diese Zeit!«

Erneut stockt er, als sein Blick auf ihre Hände wandert, die auf seiner Brust liegen, nimmt Latizia sie schnell wieder herunter. »Alles okay, Adán?« Die beiden Männer, die gerade noch mit ihm geredet haben, mischen sich nun ein, bevor sie aber näher kommen können, flucht Adán leise und nickt zum Haus. »Ich weiß zwar nicht, was du mir jetzt noch zu sagen hast …«

Mehr braucht Latizia nicht, sie geht ins Haus. Sie braucht sich nicht umzudrehen, denn sie spürt genau, dass Adán ihr folgt. Gerade als sie über die Türschwelle treten möchte, lässt Dilara das Fenster herunterfahren. »Wenn irgendwas ist, ich bin hier!« Latizia dreht sich ebenso wie Adán um und sieht, was für einen drohenden Blick Dilara Adán zuwirft. Musa neben ihr scheint eher amüsiert über all das, doch Latizia geht einfach ins Haus. Sie muss jetzt da durch. Als sie hört wie Adán die Tür hinter ihnen zuknallt, schließt sie die Augen und dreht sich zu ihm um.

Als sie jetzt vor ihm steht, gehen ihr tausend Sachen durch den Kopf und doch weiß sie nicht, womit sie anfangen könnte. Wie soll sie all das erklären, was sie schon vor Wochen hätte sagen sollen? Wieder hier zu stehen, bringt so viele Erinnerungen hervor, ein Bild tut sich vor ihrem inneren Auge auf, sein Lächeln, wie er sich zu ihr herunterbeugt, wie liebevoll er sie geküsst hat. Sie spürt seinen Blick auf sich und sieht auf einem Regal über dem Fernseher noch immer das Flugzeugmodel, das sie ihm geschenkt hat.

»Bist du gekommen um mich anzuschweigen?« Latizia sieht zu ihm und atmet durch. Nein, sie wird nicht anfangen zu weinen, am liebsten würde sie die Augen schließen um ihm nicht in seine schönen Augen blicken zu müssen, doch sie ist es ihm schuldig, sie hätte all das schon viel früher klären sollen. Adán lehnt sich gegen sein Sofa und mustert sie, als sie sich leise räuspert.

»Ich weiß alles was passiert ist, es tut mir so leid … ich verstehe, dass du mich hasst, du hast jedes Recht dazu, aber bitte glaube mir, dass all das nicht geplant war. Als Dilara und ich hergekommen sind, wussten wir natürlich wer ihr seid. Und wenn ich jetzt dabei bin die Wahrheit zu sagen, werde ich sie auch ganz erzählen, weil ich, bevor diese ganzen Sachen passiert sind, nie gelogen habe. Und jetzt mittlerweile lüge ich alle an, die ich liebe, weil ich es gar nicht anders kann, weil die Wahrheit zu viel Leid verursachen würde!« Sie wischt sich eine Träne weg, die ihr entwischt ist, doch sie wird stark bleiben. Adán blickt sie einfach nur an.

»Ich habe euch zum ersten Mal gesehen, als ihr meine Mutter und meine Tante vor den anderen Männern gerettet habt.« Das erste Mal zeigt Adán eine Reaktion, offenbar wusste er das nicht. »Ich hätte mir das denken können … du siehst deiner Mutter sehr ähnlich.« Latizia fährt fort, sie will jetzt alles loswerden. »Wir waren in einem der anderen Zimmer, Dilara, meine Cousine Abelia und ich, wir haben euch gesehen und gehört. Wir wussten aber, dass ihr uns nicht kennt. Aber du weißt sicherlich, dass mein Vater, meine Onkel, alle in Kolumbien in einen Hinterhalt geraten sind, sie waren gefangen und wir mussten über Nacht Puerto Rico verlassen. Wir waren gerade erst ein paar Tage wieder da, als ihr zu uns gekommen seid.

Ich musste zum Tierheim und nach meinen Tieren sehen, wir wollten nichts böses, niemanden reinlegen, keinen Streit, als wir auf euer Gebiet gekommen sind und nicht gesagt haben, wer wir sind. Wäre alles dabei geblieben, wäre es ja auch nicht weiter schlimm gewesen, doch du weißt ja was dann kam. Ich bin noch einmal gekommen nach deinem Anruf.

Adán, ich weiß, dass es nicht richtig war, doch ich wollte dich auch nie … ich habe angefangen, dich zu mögen. Ich wusste aber, dass ich dir nie sagen kann, wer ich wirklich bin, trotzdem habe ich dich wiedersehen wollen oder ich bin gekommen, wenn du angerufen hast, auch wenn ich wusste, dass ich es nicht hätte tun sollen.«

Adán unterbricht sie. »Wie alt bist du wirklich, Latizia?« Sie blickt zur Seite. Sie weiß, dass er ihr ganzes Verhalten jetzt darauf schieben wird, dass sie jünger ist als sie zugegeben hat. »17… es …« Adán hebt die Hand hoch. »Ich verstehe, dass du mir nicht sagen wolltest, zu welcher Familia du gehörst, doch wieso lügst du bei solchen Kleinigkeiten? Ich meine, ob du 17, 18, 19 bist, ist doch kein großer Unterschied, es ist ja nicht so, dass du dich zehn Jahre älter gemacht hast, wieso auch diese Lügen?«

Latizia reibt sich über die Stirn. Es ist unangenehm, jetzt hier so vollkommen entlarvt zu werden, gleichzeitig ist es paradoxerweise befreiend. »Ich schätze, weil es einfacher war, vielleicht, weil ich es gerne gewesen wäre, all das, was du in mir gesehen hast, bin ich nicht. Ich bin 17.

Ich bin nicht nur ein Teil der Surena-Punto-Familia, mein Vater ist einer der Anführer, ich liebe meine Familie und meine Familia über alles, und doch ist es schwer für mich, damit zu leben. Ich bin noch ziemlich unerfahren, nicht wie meine Cousine oder eine der Frauen, die du hier bei dir hast, vielleicht wollte ich mich deshalb älter und erfahrener machen, so tun, als wäre ich etwas, was ich nicht bin und das tut mir leid, es ist nicht fair dir gegenüber gewesen.« Sie sieht schon die ganze Zeit ein rotes Frauenshirt über der Couch liegen.

»Es scheint dir ja auch nicht wirklich viel ausgemacht zu haben, auch wenn du weitermachst wie vorher, hätte ich mich gleich entschuldigen sollen.« Nun folgt Adán ihrem Blick zu dem T-Shirt, ansonsten kommt keine Reaktion. »Ich habe auch kein Recht mehr, dich um irgendetwas zu bitten, aber ich hoffe, nachdem ich jetzt hier war und alles gesagt habe, kannst du aufhören zu versuchen, dich an meiner Familie zu rächen. Ich habe von meinen Cousins mitbekommen, dass ihr immer mehr in deren Geschäfte eingreift und ich hoffe, dass mein Fehler nicht irgendeinen Krieg entfacht, Adán.«

Ihre Stimme wird immer leiser, weil sie in seinem Gesicht erkennt, dass es stimmt, er hat all das gemacht um sich zu rächen. »Wieso sollte mir das so wichtig sein, dass ich deshalb an deine Familie gehe? Ich denke, du überschätzt das.« Es hupt draussen. Egal, wie viel Stärke Latizia gezeigt hat, sie kann nicht verhindern, bei seinen harten Worten zusammenzuzucken und das sieht Adán auch.

»Natürlich.« Sie wendet sich zur Tür, sie muss hier raus, doch sie atmet noch einmal ein, noch tiefer kann sie eh nicht mehr sinken. Und damit kein Krieg passiert, holt sie noch einmal tief Luft, auch wenn er nur noch ihren Rücken sehen kann, senkt sie den Blick. »Auch wenn dir all das nichts bedeutet hat, mir hat es viel bedeutet und ich hoffe, du lässt ab jetzt meine Familia in Ruhe, denn ich könnte es nicht ertragen, dass du und sie sich bekriegen. Hasse mich, aber bitte lass es nicht an meiner Familie aus.«

Latizia braucht keine Antwort mehr abzuwarten, sie geht nach draußen und setzt sich direkt hinten ins Auto. Musa fährt sofort los, Adán kommt nicht aus dem Haus. »Wir müssen schnell zurück, dein Vater hat gerade angerufen, er sucht dich, dein Handy ist aus. Ich habe ihm erklärt, dass du noch in der Uni bist, ich in der Nähe bin und dich abhole, er klang sehr wütend. Ist alles ok?«

Latizia sieht aus dem Fenster, kann der Tag noch beschissener werden? Sie nickt. »Ja, ich habe ihm alles gesagt, er hat mich aber gefragt wie ich darauf komme, dass er sich meinetwegen mit unserer Familia anlegt, wieso ich denke, all das hat ihm etwas bedeutet. Ich habe mich entschuldigt und ihn gebeten, all das sein zu lassen, ob es hilft, weiß ich nicht.«

Musa ist schnell gefahren und hält neben Dilaras Auto. »Glaub mir eine Sache, ich kenne Adán besser als sonst jemand. Du und das zwischen euch ist und war ihm nie egal, das ist doch auch ein Grund, wieso er so ausgeflippt ist. Du bist die erste, die er anders behandelt hat, vor all seinen Leuten, jeder wusste davon und dann sehen sie dich alle dort mit deiner Familie, das war ein harter Schlag für ihn.«

Latizia zweifelt an Musas Worten, lächelt ihn aber an und bedankt sich. Dilara überlegt einen Augenblick, doch dann steigt auch sie aus. Während der ganzen Rückfahrt grübelt Latizia darüber nach, was ihr Vater wohl von ihr möchte, vielleicht haben Professoren sich beschwert, dass sie oft zu abgelenkt ist. Dabei versucht sie sich darauf zu konzentrieren, was Dilara ihr erzählt, vom Gespräch zwischen Musa und ihr.

Dilara ist sich absolut sicher, dass Musa sie testen will, er behandelt sie einerseits, als wäre sie seine absolute Traumfrau, doch gleichzeitig hat er kein Interesse an jemandem wie ihr. Er hat sie ein verwöhntes Ding genannt. Bei Dilaras eingeschnapptem Gesichtsausdruck muss Latizia schmunzeln, doch als sie dann in ihre Einfahrt fahren und ihr Vater die Haustür aufreißt, zuckt sie allein bei seinem Anblick zusammen.

Warum ist er so sauer?

Kapitel 6

»Soll ich mit reinkommen?« Dilara hält und sie sehen zu Latizias Vater, der im Hauseingang steht und sie niederstarrt. »Ich habe keine Ahnung, was ist, aber ich versuche es erst einmal alleine.« Latizia steigt aus und geht zu ihrer Haustür. Ihr Vater sagt ihr nicht hallo, lächelt nicht, nichts. Nachdem sie verwirrt ins Haus geht, knallt er laut die Tür zu.

Ihre Mutter sitzt am Küchentisch, Lando auf ihrem Arm und sieht sich eine Seite im Internet an. »Wir haben gerade einen Anruf bekommen von der Arzthelferin deines Arztes. Sie konnte dich die letzten Tage nicht erreichen auf dem Handy, deswegen hat sie bei uns zuhause angerufen und ich bin ans Telefon gegangen. Sie wollte wissen, ob der Termin zur OP nächste Woche noch steht?«

Latizia legt ihre Tasche ab, sie hat ihre Brustoperation total vergessen, verdrängt, wie auch immer man es nennen möchte, doch jetzt kommt sie da eh nicht mehr drumherum. Sie sieht wie wütend ihr Vater ist, doch sie darf jetzt nicht einknicken, deshalb lächelt sie und geht zu ihrer Mutter ins Zimmer. Bella hat die Seite des Arztes auf dem Bildschirm, schließt aber den Laptop, als Latizia näher kommt und ihr einen Kuss gibt. »Ja, das muss ich bei all dem Stress in der Uni total vergessen haben, ich wollte euch davon noch erzählen.«

Ihre Mutter deutet ihr, sich neben sie zu setzen. »Davon erzählen? Das ist doch nicht dein Ernst, Latizia? Ich dachte, du kommst jetzt nach Hause und sagst uns, dass das alles nur ein großes Missverständnis ist.« Ihre Mutter ist wenigstens nicht so laut wie ihr Vater, dafür sieht Latizia ihr im Gesicht an, dass sie vollkommen fassungslos ist. Ihr Vater verschränkt die Arme und blickt auf sie beide herab.

Latizia versucht ruhig zu bleiben, selbstsicher, so als wüsste sie genau, was sie tut.

»Das ist kein Missverständnis, Mama, ich möchte mir die Brüste vergrößern lassen. Ich habe das Geld dafür zusammengespart, ich brauche nur eure Erlaubnis. Doch euch sollte klar sein, dass ich es ernst meine und ich diese OP machen werde, mit oder ohne euer Einverständnis.« Ihr Vater zieht die Augenbrauen hoch, Latizia würde am liebsten die Augen schließen, da sie ahnt was jetzt kommt.

Sie hat oft genug mitbekommen wie ihr Vater ausrastet. Leandro, Damian, alle haben schon gewaltig Ärger von ihm bekommen, sie selbst aber noch nie, er hat sie noch nicht einmal richtig angeschrien. Bisher gab es nie einen Grund, doch es gibt für alles ein erstes Mal. Latizia ist schon länger klar, dass, wenn sich ihr Leben so verändert, sie sich so verändert, dies auch auf ihr Verhältnis zu ihrer Familie zurückfällt.

»Was ist los mit dir, Latizia? Denkst du im Ernst, ich werde es zulassen, dass du dich völlig gesund operieren lassen willst? Du brauchst so etwas nicht und du wirst es nicht machen, davon kannst du ausgehen. Ich habe der Schwester gesagt, dass, sollte sie an dir diese Operation durchführen, ich jeden einzelnen von ihnen zur Rechenschaft ziehen werde.« Latizia springt auf. »Das kannst du nicht machen, du kannst nicht jeden bedrohen, der meinen Weg kreuzt!«

Mittlerweile sind sie beide gleich wütend und funkeln sich böse an. »Doch das kann ich und das werde ich. Du bist meine Tochter, ich werde nicht zulassen, dass irgendjemand an dir herumschneidet und du zu einer von vielen wirst. Wer hat dir das eigentlich ins Ohr gesetzt? Hast du mal in den Spiegel gesehen? Ich verstehe überhaupt nicht, wo dein Problem liegt, ist es wegen diesem Piedro? Wenn es seinetwegen sein sollte, kannst du ihm gleich sagen …«

Ihre Mutter unterbricht ihren Mann und blickt Latizia traurig an. »Schatz, ich verstehe es nicht, wenn du ein Problem hast, wenn es dir nicht gut geht, wieso kommst du dann nicht zu uns? Ich verstehe dich ja, als ich in deinem Alter war, habe ich auch viel an mir gezweifelt, ich hatte genau die gleiche Figur wie du und ich habe mehr als einmal über einen Eingriff nachgedacht, mich hat auch gestört, dass ich viel heller als alle anderen war, dass ich zu schmal war ... so sind wir aber, wir sind heller und weicher als die anderen Frauen in Puerto Rico. Du solltest lernen, darauf stolz zu sein. Dein Vater hat sich auch in mich ...«

Ihr Vater geht dazwischen. »Hör auf damit, du ermutigst sie ja noch. Sie hat noch gar nicht an Männer zu denken, sie soll sich auf ihre Uni konzentrieren und gut ist. Du siehst doch, was sonst dabei herauskommt.«

Latizia platzt. Wütend sieht sie von ihrer Mutter zu ihrem Vater, noch nie hat sie das Wort gegen sie erhoben, nie war sie ungehorsam, immer der kleine süße Engel, doch die letzten Monate, Jahre, haben auch bei ihr Spuren hinterlassen. Sie hört die Haustür aufgehen. Tränen schießen in ihre Augen, sie kann nicht mehr, all das, alles ist zu viel für sie, erst der Streit mit Adán, jetzt mit ihrer Familie, sie will nur noch weg.

»Denkst du im Ernst, Papa, du kannst mich davon abhalten, Männer kennenzulernen? Das ist mein Körper, mein Leben, ich kann damit tun und lassen, was ich möchte. Und nur, weil ich eure Tochter bin, heißt es nicht, dass ihr ein Recht dazu habt, ein Leben lang über mich zu bestimmen! Warum ihr davon nichts wisst? Vielleicht wart ihr zu sehr damit beschäftigt, euch um Leandro Sorgen zu machen, Lando anzuhimmeln und alles um euch herum zu genießen, sodass eure liebe ruhige Tochter erst wieder in eure Gedanken kommt, wenn sie auffällt. Es tut mir sehr leid, dass ich auch mal kurz eure Aufmerksamkeit in Anspruch genommen habe, das wird nicht mehr vorkommen, ich bin weg!«

Ohne sich noch einmal umzudrehen, läuft sie aus dem Haus. Leandro steht völlig perplex in der Tür und macht ihr Platz, als sie an ihm vorbeieilt. Natürlich hat auch er seine Schwester so noch nie gesehen. »Was ist denn bei euch für ein Geschrei?« Sie registriert, wie ihr Onkel Rodriguez aus dem anderen Haus kommt, wie ihr Vater nach ihr ruft, doch ihre Mutter ihn zurückhält und ihm sagt, er solle Latizia Zeit geben, um sich zu beruhigen, doch sie ignoriert all das, läuft die Einfahrt hinaus und weg vom Surena-Anwesen.

Egal, wie schnell sie läuft und wie sehr sie anfängt zu weinen, sie beruhigt sich nicht. Sie hat sich verändert, sie hat begonnen zu lügen, ist nicht mehr die gleiche und es fühlt sich einfach nur falsch an, alles. Ein Taxi fährt an ihr vorbei und sie hält es an. Sie sagt dem Fahrer wo sie hinmöchte. Latizia braucht Ruhe, ihr Kopf droht zu platzen und es gibt nur einen Ort, an dem sie jetzt sein will. Wie soll sie nun weitermachen? Vielleicht sollte sie generell einiges einmal überdenken.

Der erste Schritt ist getan, sie hat Adán alles gesagt. Vielleicht geht es ihr jetzt schlecht, weil sie sich so vor ihn hingestellt und sich alles von der Seele geredet hat. Wenn es auch unangenehm für sie war, doch bestimmt wird sie sich trotzdem bald besser deshalb fühlen. Sie muss mit all dem aufhören, die Lügen, die Liebe, all das zerstört sie gerade ... Latizia lehnt ihren Kopf an die kühle Scheibe. Vielleicht ist es das, auch wenn sie es sich nicht ganz eingestehen mag, es ist mehr, als dass Adán ihr nur etwas bedeutet hat, es sind stärkere Gefühle.

Das Taxi hält, Latizia zahlt und steigt aus. Genau in dem Moment öffnet sich die Tür und Sanchez will zu seinem Auto gehen. »Hast du deinen blöden Bruder nicht gleich mitgebracht ... ?« Er stockt, nachdem er in Latizias Gesicht sieht. »Was ist passiert?« Latizia muss noch mehr weinen, als sie Sanchez' besorgtes Gesicht sieht. »Ist dein Vater da?« Sanchez nickt und ruft nach ihm. Latizia ist gerade ins Haus getreten, da steht ihr Onkel Juan auch schon vor ihr. »Princesa ... was ist passiert?« Er zieht Latizia in seine Arme und sie weint sich bei ihrem Onkel aus, ohne Worte zu verlieren.

Sie spürt, dass irgendwann Sara dazukommt, doch keiner zwingt sie etwas zu sagen. Als Latizia sich etwas beruhigt hat, sieht sie ihrem Onkel in die Augen. »Kann ich heute bei euch bleiben? Ich will gerade nicht nach Hause!« Er nickt und küsst ihre Stirn. »Natürlich, immer, das weißt du doch. Wissen deine Eltern, dass du hier bist?« Latizia wird sofort wieder sauer. »Nein, es ist mir auch egal.«

Sara sagt ihr, dass sie die Badewanne für sie eingelassen hat, genau das kann sie jetzt gebrauchen. Während sie im Erdbeerschaum liegt und sich langsam entspannt, spürt sie ihre Müdigkeit. Hier bei ihrem Onkel war schon immer ihr zweites Zuhause, sie war früher immer hier und hat sogar ein eigenes Zimmer, das auch Dilara genutzt hat, weil sie ebenfalls öfter hier geschlafen hat.

Sie versucht alles zu vergessen. Sobald sie daran denkt, was in den letzten Stunden passiert ist, dröhnt ihr Kopf. Sara hat ihr eine Jogginghose und ein Shirt hingelegt, weil sie ihre Sachen waschen will. Sie fragt Latizia, ob sie etwas essen möchte, doch sie will nur schlafen. Sie sieht kurz auf ihrem Handy die vielen Anrufe und Nachrichten und schaltet es unter den besorgten Augen ihres Onkels aus. Latizia setzt sich noch kurz zu ihm, er sitzt auf der Couch und sieht fern, doch der Kakao mit Marshmallows, den Sara ihr bringt, tut dann den Rest.

Latizia legt sich an die Schulter von Juan. Er küsst ihre Stirn und sie schläft ein, froh hier nicht nachdenken zu müssen, keine Fragen zu beantworten und einfach in Ruhe gelassen zu werden.

Als Latizia ihre Augen wieder öffnet, ist es noch dunkel draußen. Nur eine kleine Lampe beleuchtet das Wohnzimmer ihres Onkels, wo sie eingekuschelt in vielen Kissen und einer Decke auf seinem breiten Sofa schläft. Latizia erschrickt, als sie auf dem Sofa ihren Vater sieht, der zu ihr blickt. »Was tust du hier?« Sobald sie in seine traurigen Augen sieht, fällt ihr der Streit mit ihm ein und die Worte, die sie ihm aus Wut gesagt hat. »Ich bin gestern Abend noch vorbeigekommen, nachdem Sara Bescheid gesagt hat wo du bist. Deine Mutter wollte eigentlich kommen, aber ich habe sie gebeten, dass ich zuerst mit dir reden kann. Du hast schon geschlafen und ich konnte auch nicht wieder gehen und dich hier lassen.«

Latizia sieht sich immer noch verschlafen um, es ist gerade halb sechs Uhr morgens. »Hast du nicht geschlafen? Es tut mir leid wegen gestern, ich bin wohl etwas zu … ich meinte das alles nicht so.« Ihr Vater lächelt mild und steht auf. »Ich musste die ganze Nacht, als ich dich angesehen habe, an früher denken, komm mit.« Verwundert steht nun auch Latizia auf, sie geht ins Bad und macht sich frisch. Als ihr Vater ihr dann deutet leise aus dem Haus zu gehen, weil die anderen noch schlafen, zeigt sie ihm an, dass sie nur eine Jogginghose, FlipFlops und ein Shirt trägt, doch er winkt ab und sie gehen aus dem Haus.

Eigentlich sollte Latizia ihren Vater nach ihrem Fahrziel fragen, mit ihm über gestern sprechen, doch sie lässt das Fenster herunterfahren und sieht in den Nachthimmel, der langsam heller wird. Viel zu sehr genießt sie die kühle Luft und das leichte Lächeln auf den Lippen ihres Vaters, der ebenso schweigt. Er hält an einer Tankstelle und holt ihnen Kaffee im Becher, danach halten sie gleich wieder und Latizia erkennt, wo sie sind, am kleinen Hafen der Nachbarstadt. Sie halten am Strandabschnitt, wo er sie früher fast jede zweite Woche mit hingenommen hat.

Zum Einen kommen hier oft Waren von ihnen an und ihr Vater muss einiges klären, zum Anderen gibt es einen kleinen Fischmarkt, sie kaufen hier immer den frischesten Fisch. Latizia hat es an dem kleinen Strandabschnitt hier geliebt, sie mussten immer mindestens eine halbe Stunde bleiben, damit sie die vielen Boote und Schiffe beobachten konnte. Irgendwann ist Latizia nicht mehr mitgekommen. Als sie sich jetzt zu ihrem Vater an den Strand vor das Meer stellt und sie auf den sich langsam rot färbenden Himmel sehen, legt er seinen Arm um sie.

»Diese Zeit ist schon viel zu lange her.« Latizia lächelt und nickt. »Aber egal was ist, wie viel Zeit vergeht, es wird sich niemals ändern, dass du mein kleines Mädchen bist, Latizia!« Er sieht, dass sie etwas sagen will, doch er deutet ihr, ihn anzuhören. »Ich kann mich noch ganz genau an den Tag erinnern, an dem du geboren wurdest. Das erste, was du getan hast, war es, dich an meinem Finger festzuhalten, in diesem Moment habe ich mir geschworen, immer auf meine kleine Prinzessin aufzupassen. Du bist so schnell groß geworden. Auch wenn ich deine beiden Brüder genauso liebe, warst du immer mein allergrößter Schatz.

Jedes Mal wenn ich dich ansehe, sehe ich deine Mutter, du weißt gar nicht wie ähnlich du ihr bist, aber wenn du mich dann ansiehst, mit meinen Augen und meinem Lächeln, dann weiß ich, dass du aus dem besten, der starken Liebe zwischen deiner Mutter und mir entstanden bist und es gibt nichts Wichtigeres für mich.« Latizia kann nicht verhindern, dass ihr die Tränen wiederkommen, aber ihr Vater wischt sie weg. »Das weiß ich doch, Papa, ich habe das gestern nicht böse gemeint. Ich weiß doch, dass du alle …« Ihr Vater schüttelt den Kopf.

»Nein, du hast recht. Weißt du, in der Gefangenschaft habe ich oft an unsere Zeit hier gedacht. Leandro hat viel Aufmerksamkeit gebraucht, weil er in meine Fußstapfen getreten ist und Lando habe ich mit Liebe zugeschüttet, du bist wirklich zu kurz gekommen, vielleicht auch, weil ich nicht genau wusste, wie ich auf dich zugehen sollte. Als ich gegangen bin, warst du noch ein Mädchen und als ich wiederkam, warst du eine Frau.

Es fällt mir sehr schwer, das zu akzeptieren und du darfst nicht wütend auf mich sein, aber du wirst immer meine kleine Prinzessin bleiben.« Latizia muss leise lachen, auch ihr Vater lächelt sie an. »Du bist wunderschön, mein Engel, und das sage ich nicht nur, weil ich dein Vater bin. Ich versuche dir etwas zu erklären. Das, was du versuchst, ist so zu werden wie alle anderen, tue das nicht. Sieh doch deine Mutter an, sie hat genauso an sich gezweifelt, doch jeder hat sie als etwas Besonderes angesehen. Vertrau mir, auch du wirst einen Mann finden, der dich genauso liebt wie ich deine Mutter. Er muss erst an mir vorbei, doch wenn er das überlebt hat, dann wird er dich glücklich machen.«

Latizia sieht zu Boden, sofort muss sie an Adán denken. Ihr Vater hebt ihr Kinn an. »Vertrau mir, Schatz, es wird ein Mann kommen, der dich mehr lieben wird als sein eigenes Leben und nichts anderes hast du verdient!« Latizia gibt ihrem Vater einen Kuss, die Sonne geht gerade auf und seine dunklen Augen liegen zufrieden auf ihrem Gesicht. »Ich liebe dich, Papa.« Er lächelt. »Ich dich auch, mein kleiner Engel.« Sie sehen noch dem Sonnenaufgang zu, ihr Vater sagt ihr, dass ihre Mutter wegen der Operation mit ihr sprechen will und er versprechen musste, das ihr zu überlassen, doch schon jetzt weiß Latizia, dass sie die wohl abschreiben wird, fürs erste zumindest.

Als sie zum Auto zurück wollen, zieht ihr Vater sie in eine andere Richtung und legt den Arm um sie. »Komm, wir holen noch etwas Fisch, lass uns heute mal wieder richtig grillen und alle sollen vorbeikommen. Wir hatten in letzter Zeit zu wenig Zeit für die ganze Familie und Familia. Aber wir müssen uns beeilen, bevor dein Onkel aufwacht und sieht, dass du weg bist, sonst ist die Hölle los, wenn er denkt, du bist verschwunden.«

Latizia nickt und zusammen gehen sie über den Strand zum Fischmarkt. Egal wie alt Latizia ist oder wird, diese Erinnerungen und die Liebe zu ihrem Vater werden immer bleiben und sie genießt jede Minute, die sie zusammen verbringen.

Kapitel 7

Sanchez lehnt sich zurück und blickt auf das Haus, in dem bereits alle schlafen. Er sitzt in seinem Auto und sieht zu dem Fenster, hinter dem Celestine schläft. Er weiß nicht, ob ihn die Worte seines Vaters, die schlechte Laune, die er seit ihrem letzten Streit hat, getroffen haben oder die Tatsache, dass er heute schon wieder die Chance hatte, eine andere Frau zu haben und einfach kein Interesse hat. Vielleicht all das zusammen, möglicherweise wollte er wirklich probieren, seine innere Mauer gegen eine Beziehung zumindest für eine Weile zu umgehen und ihnen eine Chance geben.

Er weiß nicht einmal, ob Celestine es überhaupt will, doch wenn er weiter vor sich hin grübelt, wird er es nie erfahren. Sein Blick fällt auf die Feuerleiter, die zu dem kleinen Balkon vor Celestines Fenster führt, er sollte sie aber nach ihrem letzten Streit auch nicht einfach überfallen. Also holt er sein Handy hervor und lässt bei ihr klingeln.

Es dauert, doch irgendwann meldet sie sich sehr verschlafen, es wird ein kleines Nachtlicht bei ihr im Zimmer angeknipst. »Ja?« Sanchez lächelt. »Celi, ich bin's!« Celestine gähnt und Sanchez steigt aus dem Auto. Bevor sie etwas dazu sagen kann, geht er schon leise in ihren Garten. »Öffne deine Balkontür!« Er legt auf, auch ohne ihre Antwort abzuwarten. Einige Sekunden später sieht er in ihr überraschtes Gesicht, als sie am Balkon steht und er leise die Treppe heraufkommt.

»Was ...« Sanchez muss leise lachen. Celestine trägt nur ein weites T-Shirt, ihre Haare sind zu einem wilden Knoten nach oben gebunden und sie ist total ungeschminkt. »Da ist ja meine Celi wieder.« Egal, wie verschlafen die Arzttochter ist, diese Anspielung versteht sie. Bevor sie aber irgendetwas sagen kann, irgendwie Streit entstehen kann, folgt Sanchez das erste Mal seit langem einfach seinem Herzen. Er umfasst Celestines Gesicht und küsst sie.

Im ersten Moment ist seine kleine Arzttochter noch überrumpelt, doch als er sie wieder so nah bei sich hat, übernimmt komplett sein Herz die Führung, er zieht sie enger an sich und dann lässt auch sie ihre Gefühle zu. Ihre zarten Hände umfassen seine Schultern, sie schmiegt sich an ihn und seufzt zufrieden in den Kuss hinein. Sanchez hat das vermisst, dies muss er sich eingestehen, als er sie küsst. Er lässt kurz von ihren Lippen ab, doch vereint sie sofort wieder. Erst als er etwas Nasses an seinen Wangen spürt, trennt er sich langsam.

Es tut ihm weh, die Tränen auf Celestines Gesicht zu sehen und wie verschämt sie wegsieht, als er ihr diese abwischt. Er hat ihre Gefühle für sich unterschätzt und als er das bemerkt, stellt er fest, dass er seine eigenen Gefühle genauso unterdrückt. »Es tut mir leid, Celi, ich weiß jetzt, dass ich uns beiden eine Chance geben muss, weil alles andere sich zu falsch anfühlt. Ich kann dir keine Garantie geben, dass ich mich nicht wieder wie ein Vollidiot benehme, aber ich werde mir Mühe geben.«

Celestine lächelt, Sanchez' Hand fährt unter ihr Shirt, ihren nackten Rücken entlang. »Das ist alles, was ich wollte. Ich brauche keine Garantien, nur, dass du mich wirklich willst und mich offiziell als deine Freundin siehst.« Sanchez lächelt und küsst ihre Wange. »Das will ich, glaub mir.« Bevor sich ihre Lippen wieder vereinen, hören sie Geräusche auf dem Flur und Celestines Mutter. Vielleicht haben sie sie wachgemacht. Celestine deutet auf die Toilette, doch Sanchez schüttelt den Kopf.

»Nein Celi, dieses Mal machen wir es richtig. Ich werde deine Mutter schon für mich gewinnen, aber auf dem richtigen Weg.« Sanchez küsst ihre Stirn und geht zurück auf den Balkon. »Ich hole dich morgen von der Uni ab. Achte darauf, dass keine Männer versuchen mit dir zu flirten, du solltest dich jetzt auch daran gewöhnen, dass du nun einen Freund hast und wer das ist.« Celestine lächelt über das ganze Gesicht, Sanchez hat noch nie etwas Schöneres gesehen. »Ich wollte nie einen anderen.« Es wird lauter im Flur, noch einmal gibt Celestine ihm schnell einen Kuss und

Sanchez flieht, bevor sie ein zweites Mal den Zorn der Ärztin auf sich ziehen.

»Ist deine Haut auch so weich wie ein Babypopo?« Latizia lacht und zieht sich ihr neues Kleid über. Gestern waren sie, ihre Mutter, Sara, Sam, Abelia, Dilara und Melissa einen ganzen Tag in einem Spa. Sie wurden massiert, haben Schlammpackungen bekommen, ihre Haut wurde gepeelt und sie hatten vor allem alle mal Zeit für sich. Nachdem sie sich mit ihrem Vater ausgesprochen hat, hat auch Latizias Mutter noch einmal lange mit ihr gesprochen. Sie haben sich geeinigt, bis zu Latizias nächstem Geburtstag zu warten, wenn sie dann diese OP immer noch möchte, werden sie noch einmal darüber reden.

Nach dem Spa waren sie noch shoppen, heute gehen sie offiziell zu einer Party. Latizia und Dilara haben sich bei ihren Tanten und Müttern beschwert, dass sie quasi zum Lügen gezwungen werden, weil sie sich sonst nicht frei bewegen und wie heute alleine zu einer Party gehen können. Ihre Mütter und Tanten stehen jetzt hinter ihnen und haben durchgesetzt, dass Dilara und Latizia heute weggehen dürfen. Abelia nehmen sie beim nächsten Mal mit.

Sie gehen zu dieser Strandparty von Lonzo, genaueres mussten sie zum Glück nicht erklären. Latizia weiß gar nicht, wie viel ihr Vater von diesen Partys weiß, auf denen es solche Kämpfe und Drogen gibt. Sie hatte auch keine Lust, doch da sie eingeladen sind und sie sich offiziell die Erlaubnis dafür geholt haben, kann sie auch nicht zuhause bleiben. Ihr Vater und Rodriguez sind am meisten besorgt, da momentan viele Mädchen aus der Gegend verschwinden. Seit einigen Monaten werden immer wieder junge Frauen vermisst und dann tot irgendwo im Wald oder im Straßengraben aufgefunden, die Polizei spricht von einem Serienkiller. Aus Sierra sind bereits drei Mädchen verschwunden, aus den anderen umliegenden Städten noch mehr, doch sie haben ihren Vätern klargemacht, dass sie sie nicht immer vor allem verstecken können.

Trotzdem guckt ihr Vater immer wieder zu ihnen ins Zimmer, während sie sich fertigmachen. »Dilara, ist das Kleid nicht zu kurz?« Latizia verkneift sich ein Lachen und Dilara lächelt mild zu Paco. »Das ist nicht zu kurz, es geht bis fast zu den Knien.« Bevor Paco antworten kann, zieht ihn Bella mit sich nach unten.

»Lass uns verschwinden, ich habe das Gefühl, denen fällt wirklich noch etwas ein, um uns hierzubehalten.« Latizia sieht schnell noch einmal in den Spiegel, sie hat sich einen festen Zopf gemacht, trägt große goldene Ohrringe, ein schwarzes Kleid, eine goldene Clutch und goldene High Heels, aber mit nicht zu hohen Absätzen. Nicht zu aufgestylt, doch trotzdem auffällig genug, um neben Dilara nicht unterzugehen, doch dieses Mal hat sie ein ähnliches Kleid an, trägt auch einen Zopf und man erkennt, dass sie zusammengehören. »Dann lass uns eine süße Nacht verbringen!«

Als sie die Treppe hinunterkommen, öffnet sich gerade die Haustür und Rico und Leandro kommen herein. »O lala, ich wollte gerade meine Cousinen anmachen ... wer hat euch erlaubt so rauszugehen?« Latizia verdreht die Augen und sieht sich die Autoschlüssel auf der Kommode an. »Wir brauchen keine Erlaubnis, wir sind Surentos und können gut auf uns aufpassen!« Sie spürt den Blick ihres Bruders auf sich, ignoriert ihn aber und überlegt weiter, mit welchem Auto sie fahren wollen. Bis jetzt haben die Beiden noch nicht richtig miteinander geredet, sie sieht ihn kaum noch.

Ihr Vater kommt dazu und Rico fragt, ob sie das ernst meinen und sie wirklich so auf eine Party gehen dürfen, doch ihr Vater hebt die Hände in die Luft. »Uns sind die Hände gebunden, die Frauen haben uns in der Hand.« Ihre Mutter kommt mit Lando auf dem Arm vorbei und gibt ihr und Dilara einen Kuss. »Habt viel Spaß ihr Hübschen, ruft an, wenn irgendetwas ist, ansonsten amüsiert euch!«

Latizia schnappt sich den Schlüssel zum schwarzen Mercedes, den sie noch nie gefahren ist. Als ihr Vater ihre Wahl sieht, zieht er zwar die Augenbrauen hoch, sagt aber nichts. »Mist, ich habe mein

Handy liegen lassen.« Latizia bemerkt es zum Glück noch, bevor sie hinausgehen. Schnell geht sie nach oben und nimmt es vom Nachttisch. Eine kleine Stimme in ihrem Kopf flüstert ihr zu, dass sie auf ihr altes Handy sehen soll, sie hat schon länger nicht mehr nachgesehen, doch jetzt holt sie es schnell aus dem Nachttisch.

Es gibt einen Anruf in Abwesenheit von einer unterdrückten Nummer. Ihr Herz schlägt sofort schneller, als sie auf das Datum sieht, es ist aus der Nacht, als sie bei Adán war und ihm alles gesagt hat, doch gleichzeitig dämpft sie auch dieses aufkommenden Kribbeln im Bauch. Es ist nur ein Anruf und sie hat seine Nummer. Wieso sollte er mit unterdrückter Nummer anrufen? Er war ja nicht der einzige Mensch, der diese Nummer von ihr hatte, es kann genauso gut sein, dass es irgendwer anders war.

Sie legt das alte Handy zurück, packt ihres in die Clutch und eilt wieder nach unten. Juan kommt gerade und als er große Augen bei ihrem Anblick bekommt und etwas sagen will, verabschieden sie sich schnell und fliehen lachend. Es ist unwahrscheinlich, dass der Anrufer Adán war, trotzdem fühlt sie sich anders, als sie jetzt zu Dilara ins Auto steigt. Sie lassen die Scheiben herunterfahren, als sie Gas geben, um Stefanie abzuholen. Es wird gerade das Lied 'I knew you were trouble' gespielt und Dilara schaltet es laut. »Wie passend!«

Sie fahren erst eine Stunde später auf den großen Parkplatz vor dem Strandabschnitt, wo heute die Party stattfindet. Dieses Mal ist eine größere Parkfläche vorhanden, es ist hier an einem richtigen Strand, nichts Verstecktes und es ist noch größer als beim letzten Mal. Kaum sind sie ausgestiegen, kommen Frauen auf sie zu, die nur mit Bonbons und Lutschern behangene Bikinis sowie Höschen aus Zuckerwatte tragen. Sie halten Ihnen Tabletts hin, auf denen sich Unmengen an Süßigkeiten stapeln.

Sie nehmen lachend einige Bonbons. »Willkommen auf der 'Sweet like candy'-Party!«

Dieses Mal ist die Partylocation noch verrückter, alles ist in hellrosa und hellblau gehalten. Riesige Lollis stehen im Sand, überall stehen Tische mit großen Mengen an Süßigkeiten, die schwimmenden Bühnen im Wasser sehen aus, als wären sie aus Zuckerwatte, doch auch hier werden wieder Drogen gereicht. Sie sieht dieses Mal gibt es mehrere solcher Trampolinkäfige. Latizia, Dilara und Stefanie gehen erst einmal tanzen, im Vergleich zum letzten Mal fühlt sich Latizia dieses Mal freier. Wenn Männer sie ansprechen, lächeln sie alle zwar, doch sie wollen sich nur amüsieren und haben kein Interesse an einem Flirt, das merkt auch schnell jeder.

Irgendwann geht Dilara zur Toilette, Latizia zieht Stefanie zu einem rosa Himmelbett am Strand und sie lassen sich darauf fallen. Sie haben gar nicht bemerkt, dass sie fast eine Stunde durchgetanzt haben und brauchen dringend eine Pause. »Ich brauche etwas zu trinken!« Gerade als sie zu einer der vielen aufgebauten Bars wollen, stößt Dilara wieder zu ihnen. »Ich bin gerade in Musa reingelaufen!« Latizia sieht sich sofort um. »Er hat gesagt, sie sind schon länger da, alle, und sie haben uns auch schon vor einer Weile entdeckt.«

Stefanie fragt nach, wer Musa ist, doch bevor sie antworten können, kommt plötzlich Lonzo zu ihnen. »Da seid ihr ja, ich habe euch schon gesucht! Wie gefällt euch die Party? Ich hoffe ihr habt Spaß.« Er gibt Latizia einen Kuss auf die Wange, sie kommt sich automatisch verpflichtet vor. Er hat sie zur Party eingeladen, sie sollte nett zu ihm sein, auch wenn sie hofft, er bewertet all das nicht über. Ein Freund ist bei ihm und er stellt alle vor. Latizia sagt ihm, dass sie gerade etwas trinken wollen und er will losgehen und für sie alle Getränke besorgen, da hört sie hinter sich die Stimme, die ihr eine Gänsehaut bereitet.

»Lonzo!« Alle wenden sich um und blicken auf Adán, Musa, zwei weitere Männer und drei Frauen. Eine davon ist Bara, die sich an Adán schmiegt und um die er lässig den Arm gelegt hat. Latizia würde sich am liebsten sofort wieder wegdrehen. Bara trägt eine Jeansshorts, dazu ein Bikinioberteil, Adán eine feine schwarze Hose und ein schwarzes T-Shirt dazu, er sieht perfekt aus, sie beide passen perfekt zusammen.

»Adán, hey.«, Lonzo gibt ihm die Hand. Allein an der veränderten Stimme erkennt Latizia sofort, dass Lonzo jemand ist, der Adán jeden Wunsch erfüllen wird und sich gleichzeitig wahrscheinlich dabei noch in die Hosen macht. »Seid ihr schon lange da? Gefällt es euch? Freut mich, dass ihr alle dieses Mal da seid, ich hoffe, die Einnahmen der letzten Party waren zufriedenstellend für euch.« Latizia spürt Adáns Blick auf sich und atmet durch.

Sie braucht sich nicht mehr zu verstecken, sie hat sich bei ihm entschuldigt, sich alles von der Seele gesprochen, sie ist sogar mit der Erlaubnis ihrer Vaters hier. Es gibt für sie keinen Grund mehr, sich von Adán provozieren zu lassen oder sich vor den Tijuas klein zu fühlen. Sie hat einen Fehler gemacht, ja, aber mehr als sich entschuldigen kann sie nicht. Sie blickt hoch, direkt in Adáns Augen, in sein hübsches Gesicht und auf den Arm, den er um Bara gelegt hat, die zufrieden vor sich hin lächelt.

Latizia könnte ihre Nase nicht höher halten, sie schiebt sich die Clutch unter den Arm und sieht auf die anderen Frauen. Adán antwortet, ohne einmal seinen Blick von ihr zu nehmen. »Ja, es ist alles in Ordnung. Ich hoffe, es werden dieses Mal genauso gute Einnahmen rumkommen und du konzentrierst dich aufs Wesentliche!« Latizia sieht ihm unbeirrt weiter ins Gesicht. »Oh natürlich … Adán, das ist Latizia, ihre Cousine …« Latizia unterbricht Lonzos freundliches Bekanntmachen aller. »Wir kennen uns, mach dir nicht die Mühe. Wir gehen schon einmal etwas trinken, ihr könnt nachkommen, wenn ihr hier fertig seid.«

Latizia ist verdammt stolz auf sich, als sie sich abwendet. Es wird Zeit, dass sie lernt ihren Mund aufzumachen! »Okay, wir kommen gleich.« Dilara grinst Latizia zufrieden an und hakt sich bei ihr ein, doch es war klar, dass noch etwas kommen würde. »Pass bloß auf, vielleicht kriegst du ihn nicht wieder … wir teilen nicht gerne!« Es war nicht Bara, aber eine der anderen Frauen und Latizia kann sich vage daran erinnern, sie auch schon im Tijuas-Gebiet gesehen zu haben. Sie wird sich nichts mehr gefallen lassen. Adán sieht sie einfach weiter an, als sie sich noch einmal zu allen umwendet. Man kann keine Emotion in seinem Gesicht sehen, dafür kann Latizia nicht verhindern, dass sie einen belustigten Gesichtsausdruck bekommt, als sie sie ansieht.

»Auch wenn es schwer für euch zu verstehen ist, es gibt Männer, die verstehen den Unterschied zwischen gut und billig, ich brauche mir keine Sorgen zu machen! Wenn er weiß, was gut ist, wird er wiederkommen.« Mit diesen Worten drehen sie sich um und gehen zur Bar. Es tut gut, Latizia würde am liebsten laut loslachen, doch sie ist sicher noch unter Beobachtung. Sie fühlt sich immer freier und wird sich diesen Abend nicht kaputt machen lassen, von niemandem.

Es dauert auch nicht lange und Lonzo kommt wirklich wieder zu ihnen, sie trinken etwas, Latizia bleibt bei Limonade, die anderen trinken einen Cocktail. Latizia versucht alles auszublenden, sich auf Lonzo und die anderen zu konzentrieren, doch sie fühlt sich, als stünde sie unter Beobachtung. Sie dreht sich oft um und sieht auch irgendwann, dass Adán mit den anderen in Richtung der Trampolinkäfige unterwegs ist, doch wie taff sie sich auch gezeigt hat, sie kann sich nicht mehr vollkommen entspannen, so sehr sie es auch versucht.

»Hast du Lust bei den Kämpfen zuzusehen? Da heute Candies Night ist, haben wir uns etwas ganz besonderes ausgedacht.« Stefanie ist sofort begeistert, Dilara überlegt noch, da taucht plötzlich Musa auf. »Na, wie sieht es aus? Sollen wir es jetzt einlösen?« Er hält ihr seine Hand hin. Er trägt ein dunkelblaues Hemd, das oben offen ist und eine helle Stoffhose dazu, er sieht gut aus, seine blauen Augen funkeln Dilara an, es ist Latizia nur noch nicht wirklich klar, was ihre Cousine wirklich von all dem hält. Sie flirtet gerne, aber dass sie ernstes Interesse hat, bezweifelt Latizia stark. »Von mir aus. Ist es okay?« Sie sieht fragend zu ihrer Cousine und Latizia lächelt Musa an. »Pass gut auf sie auf.« Er grinst und beide gehen in Richtung Wasser. Sie muss Dilara mal ganz genau zu Musa ausquetschen.

»Na dann komm, wir sehen uns das mal an!« Stefanie zieht sie förmlich mit und beginnt begeistert, mit Lonzo über diese Kämpfe zu reden. Latizia sieht zu den Toilettenhäuschen. »Geht schon einmal vor, ich komme gleich nach.« Sie bereut es, dass sie ihre High Heels im Auto gelassen haben, doch wie sollten sie damit im Sand laufen? Jetzt bräuchte sie dringend welche, angeekelt beeilt sie sich und als sie wieder herauskommt, läuft sie fast in Adán hinein.

Er ist allein und sieht auf sie herab. Da sie keine Schuhe anhat, ist sie sicherlich fast einen Kopf kleiner und als sie jetzt so nah vor ihm steht, erinnert sie alles wieder an die Nähe, die es zwischen ihnen gab und wie sehr sie diese vermisst. »Bist du hergekommen, um dich weiter an mir zu rächen?« Adán lächelt mild. »Nein, Prinzessin, es dreht sich nicht alles um dich!« Auch wenn es dieses Mal nicht so liebevoll gemeint war wie in seinem See, wo er sie so genannt hat, sticht sie diese Anrede sofort mitten ins Herz. »Na dann ...«

Adán hält sie am Arm zurück, als Latizia an ihm vorbei möchte. »Was weiß Lonzo über dich? Lügst du ihn auch an?« Latizia macht ihren Arm sauer los. »Hältst du mich für so eine Lügnerin, ich habe dir doch erklärt ... vergiss es, ich kann nicht mehr tun, als mich zu entschuldigen und es zu erklären. Wo sind die Frauen, die bei dir waren, Bara und die anderen? Wissen die, dass du jetzt hier bei mir bist?«

Latizia kann nicht verbergen wütend zu sein, es verletzt sie, dass er ihr so misstraut, obwohl sie es natürlich verstehen kann. »Es hat niemanden von denen zu interessieren wo ich bin.« Latizia legt für einen Moment den Kopf in den Nacken. »Glaubst du mir wenigstens, dass, auch wenn vielleicht alles drum herum nicht der Wahrheit entsprach, dass alles, was zwischen uns war, zumindest für mich echt war? Davon war nichts gespielt, Adán, und ich bin ein verdammtes Risiko eingegangen, wenn ich mich mit dir getroffen habe.«

Plötzlich taucht Bara neben ihm auf. Latizia ist so auf Adán fixiert, dass sie nichts um sie beide herum mitbekommt. »Die

Kämpfe beginnen, komm, wir haben dich schon gesucht.« Sie könnte sich nicht enger an ihn schmiegen. Er beachtet sie zwar nicht weiter, doch er lässt diese Nähe zu und das soll wohl auch für Latizia die Antwort sein. »Ich weiß gar nicht, warum ich mir die Mühe mache, dir etwas erklären zu wollen, es ist dir doch eh egal.«

Sie geht und dieses Mal lässt er sie auch. Am liebsten würde Latizia sofort die Party verlassen, doch sie finden Stefanie und Lonzo vor den Trampolinkäfigen vor, wo sich dieses Mal nicht nur Männer gegenseitig herausfordern. Nein, ein Käfig ist komplett mit geölten Matten ausgelegt und darauf rekeln sich zwei Frauen, vielleicht wollen sie kämpfen. Latizia kann nicht sehen, was das sein soll, was sie da probieren, nur dass alle Männer fasziniert darauf starren.

»Und wie gefällt es dir? Noch besser als das letzte Mal, oder?« Lonzo legt den Arm um sie und flüstert ihr ins Ohr. Gleichzeitig setzt sich Adán genau gegenüber auf die andere Seite des Käfigs, mehrere Männer sitzen neben ihm und sie sehen sich die Kämpfe an, natürlich huscht dabei sein Blick immer wieder zu ihr, auch wenn sich Bara auf seinen Schoß setzt.

»Ich finde es ehrlich gesagt einfach nur billig.« Lonzo lacht an ihrem Ohr, Latizia würde ihn am liebsten wegstoßen, doch sie beherrscht sich, sie sieht ja, dass Adán immer wieder zu ihnen guckt. Als der Frauenkampf beendet ist und die Frauen den Käfig verlassen, winkt Bara eine von ihnen zu sich. Latizia sollte sich das nicht antun, doch sie kann nicht anders als zuzusehen, wie sich die eingeölte Frau zu Adán beugt und sie etwas besprechen. Bara lacht und fasst der Frau an die Hüfte. Latizia weiß ja nur zu gut, dass sie keine Probleme damit hat, Adán zu teilen, ihr wird schlecht, wenn sie daran denkt, was noch alles zwischen den dreien passieren könnte.

Sie will gehen. Die Frau geht in Richtung Wasser, Bara flüstert etwas in Adáns Ohr und plötzlich küsst er sie. Für Latizia ist es wie ein Schlag ins Gesicht, als sie sieht, wie Adán Bara küsst, seine Hand an ihrem Rücken sieht. Sie taumelt zurück, natürlich hat sie sich gedacht, dass die Sache zwischen ihnen nichts besonderes für ihn war, sie eine von vielen war, doch es jetzt so präsentiert zu bekommen, tut weh. Latizia sieht weg, sie muss sich das nicht antun, sie will Stefanie sagen, dass sie Dilara suchen geht, als sie deren wütende Stimme hört. »Lasst uns von hier verschwinden!«

Keine halbe Stunde später fahren sie ins Surena-Gebiet ein, sie haben Stefanie schnell zuhause abgesetzt. Sie haben sofort die Party verlassen, ohne sich noch einmal umzudrehen, ohne darüber zu reden. Erst jetzt, wo Stefanie weg ist, erzählt Latizia Dilara alles und als sie fertig ist, fährt Dilara in ihre Einfahrt hinein. Latizia sieht bei sich noch Licht brennen und erkennt Tito und Miko auf der Veranda mit ihrem Vater sitzen.

Dilara erklärt Latizia, wie sie sich mit Musa unterhalten hat, sie mag ihn, doch sie hat ihm klipp und klar gesagt, dass aus ihnen nie etwas werden wird. Sie hatten das letzte Mal besprochen, einmal was trinken oder essen zu gehen und deswegen hat sie heute zugestimmt. Aber dann hat er versucht sie zu küssen, hat sie geküsst. Daraufhin ist Dilara gegangen und wollte die Party verlassen.

»War der Kuss so schlimm oder so schön?« Latizia sieht ihrer Cousine an, dass da mehr ist. »Er durfte nicht passieren, Latizia, merkst du es nicht, wir hätten damals gar nicht dahin fahren dürfen, all das wäre nicht passiert, lass uns jetzt endlich komplett mit diesem Thema Tijuas abschließen, es ist besser so, für alle. Diese Männer bringen nur Unglück über uns, sieh doch, wie verletzt du jetzt gerade aussiehst, willst du dir weiter ansehen, wie Adán sich wie ein Arsch verhält? Okay, du hast einen Fehler gemacht, aber so wie er sich verhält, war es gar kein Fehler, weil er eh ein Arsch ist und ich bin auch schon fast dabei gewesen, mich an einen von denen zu verlieren, damit ist jetzt Schluss!!«

Latizia nickt. »Das Thema ist beendet, endgültig!«

Kapitel 8

Latizia wird am nächsten Tag erst mittags wach, es ist selten, dass sie so spät aufsteht, aber auch selten, dass sie so spät ins Bett geht. An ihrem Bettende schläft Sena. Als sie sich langsam aufsetzt, wird ihre Tür aufgestoßen und Lando kommt in den Raum. Ihr Bruder trägt nur eine Shorts, er ist noch so klein und schon jetzt weiß Latizia, er wird mal viele Frauenherzen brechen.

»Guck, guck!« Er kommt an ihr Bett und hält ihr seine kleinen Patschhändchen hin. Als er sie öffnet, findet sie einige Perlen von einer neuen Handtasche, die sie gekauft hat. »Lando, woher hast du die?« Er lächelt und Latizia könnte ihn in seine runden Wangen beißen, doch sie versucht ihn streng anzusehen. In dem Moment kommt ihre Mutter herein. »Du solltest sie schlafen lassen! Entschuldige Engel, er will schon den ganzen Morgen zu dir, er hat den Morgen damit verbracht, die Perlen von deiner Handtasche abzumachen, ich habe es leider erst zu spät bemerkt, er hat schon Ärger bekommen dafür.« Ihre Mutter gibt ihr einen Kuss und legt Wäsche auf ihre Kommode.

Latizias Mutter hat drei Kinder bekommen, doch das sieht man ihr niemals an. Sie trägt eine Sporthose und ein enges Top, sie war sicherlich schon joggen heute morgen, ihre langen Haare trägt sie zu einem lockeren Zopf nach oben. Es wird sicherlich viele geben, die sie beide für Schwestern halten würden. Die grünen Augen ihrer Mutter funkeln vor Liebe, als sie zu ihrer Tochter lächelt. Latizia ist sehr stolz, eine so hübsche Mutter zu haben, es ist kein Wunder, dass ihr Vater noch immer verrückt nach ihr ist.

Latizia sieht wieder zu ihrem kleinen Bruder der sie anstupst. »Guck Latzi, wie toll!« Wieder hält er ihr die Perlen hin und Latizia nickt. »Na gut, dann bleibt mir nichts anderes übrig als dich zu … fressen!« Schneller als er reagieren kann, hat sie ihren kleinen Bruder zu sich aufs Bett gezogen und kitzelt ihn ab, während sie seine

Wangen abknutscht. Lando kreischt auf vor Lachen, während Sena wach wird und zu ihnen hüpft.

Latizia hört ihre Mutter lachen. »Ich habe übrigens heute schon mit Sena trainiert im Garten, sie macht sich immer besser, sie wird wieder die alte.« Latizia prustet auf Landos nackten Bauch, während er nicht mehr aufhören kann zu lachen. »Wieso kommt mich mein allerbester Kumpel nicht begrüßen?« Lando hält mit dem Lachen ein, als Mikos Stimme durch das Haus donnert und er und Juan eine Minute später zu Latizia ins Zimmer kommen, wo die Tür mittlerweile offen steht.

Zur Zeit ist Miko Landos Liebling, er ist nicht sein Onkel oder Kumpel, er ist sein aller- aller- allerbester Kumpel und sie teilen ein Geheimnis. »Brauchst du Hilfe, Kumpel?« Lando nickt und hält seine Hand hoch, er zeigt stolz die Perlen seines Onkels. »Ich habe einen Schatz!« Latizia legt sich wieder hin und küsst noch einmal die Wangen ihres Bruders, der jetzt auf der Matratze hüpft und direkt in Juans Arme und dann zu Miko. Beide geben auch Latizia einen Kuss. »Der Schatz war an meiner 200-Dollar-Tasche.«

Juan lacht und sie gehen aus dem Zimmer. »Na siehst du, er weiß jetzt schon, was gut ist.« Latizia lächelt als sie zuhört, wie ihre Onkel mit Lando nach unten gehen und dort auf ihren Vater treffen. Sie liebt ihre Familie. Erst jetzt greift sie nach ihrem Handy. Sie hat nur eine Nachricht von Dilara, die noch von gestern Nacht ist. 'Das Thema ist beendet, endgültig!', erinnert sie ihre Cousine und die Erinnerungen an den schrecklichen Abend kommen wieder in ihre Gedanken.

Sie sieht vor ihrem inneren Auge, wie er Bara geküsst hat, sie braucht nicht besonders viel Fantasie einzusetzen um zu wissen, was die beiden gestern noch gemacht haben, die andere Frau wird sicher auch mit eingebunden worden sein. Sie denkt daran, wie schön für sie die Nähe war, die sie mit Adán geteilt hat, wie es sich angefühlt hat in seinen Armen zu liegen, seinen Geruch, seinen Geschmack, seine Lippen auf ihren und auf ihrer Haut, wie seine Augen auf ihr liegen und er sie liebevoll anlächelt … Es treibt ihr die Tränen in die Augen, wenn sie genau weiß, dass dies gestern Nacht Bara gespürt hat, oder auch Bara und die andere Frau.

Latizia öffnet die Schublade ihres Nachttisches, es wird Zeit, das Thema zu beenden, doch sofort sieht sie dieses Mal sogar drei Anrufe in Abwesenheit, zweimal von einer unterdrückten Nummer, einmal von Adán. Ihr Herz schlägt sofort schneller, er hat sie gestern Nacht noch versucht anzurufen. Gerade wollte sie das Handy noch wegwerfen, jetzt sieht sie nach, ob sie alleine ist. Natürlich sollte sie es ignorieren, doch ihr Herz will es nicht. Sie schließt die Tür und wählt mit dem alten Handy seine Nummer, doch sein Handy ist aus.

Latizia legt sich zurück und grübelt darüber nach, was Adán wohl noch von ihr wollte. Wieso hat er sie angerufen? Da heute Sonntag ist, bleibt sie noch eine Weile in ihrem Bett, bis es an ihrer Tür klopft. Sie legt schnell das alte Handy wieder in den Nachttisch, bevor ihr Vater hereinkommt. »Na los, zieh dir etwas an, wir fahren alle zum Strand und grillen dort. Die ganze Familie kommt und du solltest mal wieder das Bett verlassen.« Latizia streckt sich, als sie Abelia unten hört. »Sie soll es ja nicht wagen, nein zu sagen!«

Also hat sie keine Wahl. Obwohl es wahrscheinlich auch richtig ist, sie braucht Ablenkung und ihre Familie, also lässt sie alle Handys im Nachttisch und geht mit ihrer Familia an den Strand. Es sind wirklich alle da, selbst Sanchez kommt später mit der Arzttochter zusammen. Als er sie liebevoll vor allen auf die Wange küsst, weiß jeder, dass deren Spiel vorbei ist und sie endlich zusammengefunden haben. Auch Leandro kommt mit Dania, sie bleibt aber im T-Shirt bei ihren Müttern sitzen. Latizia setzt sich irgendwann dazu und unterhält sich einige Minuten mit ihr, doch so richtig warm wird sie mit Dania nicht. Sie zeigt es aber nicht, da sie weiß, wie sehr ihr Bruder sie liebt.

Als Latizia sich nach einer Dusche in ihr Zimmer zurückzieht, ist es bereits nach 22 Uhr. Sie waren lange am Strand und sie ist müde. Morgen hat sie wieder Uni, doch trotzdem sieht sie noch auf beiden Handys nach. Auf ihrem neuen Handy sind einige Nachrichten und Anrufe. Piedro hat versucht sie zu erreichen, sie wird ihn morgen zurückrufen, auf ihrem alten Handy ist nichts. Adán wird gesehen haben, dass sie ihn zurückgerufen hat, doch er hat sich nicht mehr gemeldet. Eine Sekunde lang schwebt ihr Finger über dem Anrufen-Knopf, doch dann legt sie das Handy neben sich auf das Kissen. Sie wird nicht anrufen, wenn, dann soll er sich noch einmal melden, wenn es wichtig war.

Latizia träumt von Vögeln, bis sie bemerkt, dass das Piepen nicht von den Federtieren kommt, sondern von ihrem alten Handy, was noch immer neben ihr liegt. Sie öffnet die Augen und sieht, dass sie eine Nachricht bekommen hat, es ist zwei Uhr nachts. Latizia kann kaum ihre Augen offen halten, als sie die Nachricht liest. 'Können wir uns sehen? Es ist dringend! Du fehlst mir'. Die Nachricht kommt von Adáns Handy. Latizias Herz schlägt augenblicklich schneller. Sie schreibt zurück. 'Jetzt?'. Sie sieht aus dem Fenster in die dunkle Nacht, es ist ganz ruhig bei ihr im Haus. 'Ja, vor deiner Uni, ich warte da in 10 Minuten'.

Latizia legt sich zurück. Sie ist noch immer nicht ganz wach, doch trotz allem, was war, trotz allem, was dagegen spricht, steht sie dann auf, zieht sich eine Jogginghose und ein T-Shirt über und schleicht nach unten. Selbst wenn sie es schafft, hier keinen aufzuwecken, muss sie auch noch ungesehen aus Sierra verschwinden, es sind immer Männer da, die Wache halten. Tenaz entdeckt sie und will an ihr hochspringen, doch Latizia deutet ihm ruhig zu sein.

Wenn Tenaz da ist, muss auch Leandro nebenan sein. Sie sieht aus dem Fenster auf den Parkplatz, wo der silberne Chrysler steht, den Leandro momentan nur noch fährt. Wenn sie mit dem Auto fährt, würde sie nicht auffallen, jeder würde denken, Leandro ist unterwegs und keiner würde Fragen stellen. Es ist dunkel genug, dass man sie im Auto nicht erkennen kann. Sie haben eine Schublade im Flur, wo alle möglichen Schlüssel und Ersatzschlüssel drin liegen und zu ihrem Glück findet sie wirklich den richtigen Schlüssel für Leandros Auto.

Leise nimmt sie ihre Handtasche. Wer weiß, was passiert, einen Schlüssel, Handy und Kreditkarte braucht man immer. Als sie die Tür schließt und leise aufs Auto zugeht, sieht sie im anderen Haus noch Licht brennen, es ist klar, dass nicht alle ihre Cousins schlafen. Sie setzt sich an Steuer und lässt ganz langsam den Motor an, schaltet das Licht aber noch nicht ein. Als sie vom Parkplatz fährt und aus der Einfahrt, hält sie die Luft an, doch zu ihrem Glück ist das Auto ihres Bruders so leise, dass sie niemanden auf sich aufmerksam macht.

Sobald sie etwas weiter weg von ihrem Grundstück ist, gibt sie Gas. Hin und wieder sieht sie zwar einen der Männer der Familia, aber alle scheinen zu denken, sie wäre Leandro, der dringend irgendwo hin muss. Als Latizia zwanzig Minuten später auf dem Parkplatz vor ihrer Uni hält, sieht sie bereits Adáns Wagen und stoppt. Sein Wagen ist ausgestellt, es ist alles dunkel, sie erkennt nicht einmal, ob er im Auto sitzt, also steigt sie aus. Latizia weiß auch nicht, was sie sich davon erhoffen soll, die letzten Aufeinandertreffen liefen nicht so toll. Doch dass er sie jetzt auch wieder sehen will und sie nicht die ganze Zeit wie davor nur von sich stößt, gibt ihr Hoffnung, dass sie sich wieder etwas normaler annähern können.

Als sie näher ans Auto kommt, sieht sie ein weißes Cap auf der Fahrerseite, die Straße ist menschenleer. Als ein anderes Auto um die Ecke biegt, geht sie schnell zu Adáns Wagen, es wird die Beifahrertür geöffnet und sie rutscht schnell auf den Sessel und schließt die Tür wieder.

Es ist eine Sekunde, in der sich alles ändert. Latizia keucht auf, als sie sich zum Fahrer wendet und sieht, dass es Bara ist, mit weißem Cap, in Adáns Wagen und mit Adáns Handy in der Hand. »Hallo, kleine Surena-Schlampe!« Latizia greift automatisch zur Wagentür. »Was willst du? Wieso hast du mich herbestellt? Wo ist Adán?« Im selben Moment verriegelt Bara alle Autotüren und Latizias Herz beginnt zu rasen. »Was soll das? Was hast du vor? Was willst du?«

Bara startet das Auto, sie hat Latizia eingesperrt. »Was ich vorhabe? Mich endlich darum kümmern, dass Ruhe ist, Adán ist im Bett und schläft sicherlich, er hat den ganzen Tag geschlafen, war nur kurz wach nach der Party am Samstag, ich konnte ohne Probleme sein Handy nehmen und lege es danach schön ordentlich an seinen Platz zurück.« Latizia versteht nichts mehr.

»Bara, halt an, lass mich raus!« Sie hält an einer Ampel. Als Latizia gegen die Scheibe haut, zieht sie an ihren Haaren ihren Kopf zurück. Erst jetzt sieht Latizia das große Messer auf Baras Schoß liegen. »Hör zu, Schlampe, ich habe einen guten Plan, wenn du jetzt schon Stress machst, kann ich mir auch etwas anderes einfallen lassen.« Latizia schreit auf, so kräftig wie Bara an ihren Haaren zieht und blitzschnell ihren Kopf gegen die Scheibe schlägt. Es knallt, Latizias Kopf dröhnt, etwas Warmes läuft ihre Wange herab.

»Super, jetzt muss ich noch das Auto säubern, bevor er wach wird.« Latizia bekommt Panik und ihr Kopf schmerzt, Bara ist vollkommen verrückt, sie sieht es in ihren Augen. »Wieso tust du das?« Bara sieht auf die immer noch rote Ampel und lächelt vor sich hin, dabei nimmt sie das Messer in die Hand. »Weil du ihn mir weggenommen hast! Es ist für alle besser, wenn du verschwindest.« Sie sagt das so sachlich, als würde sie eine Einkaufsliste aufsagen, sie ist total wahnsinnig.

Latizia versucht sich zu beruhigen, sie ignoriert das zuschwellende Auge und das Blut in ihrem Gesicht, sie muss zu Bara durchdringen. »Adán und ich sind nicht zusammen, weißt du noch am Samstag? Er hat dich geküsst, wir haben nichts …« Es trifft sie schneller und schmerzhafter, als der Schlag gegen die Fensterscheibe zuvor. Bara stößt das Messer auf Latizia hinab und sticht ihr genau in den Oberschenkel.

Latizia schreit auf, noch nie hatte sie solche Schmerzen, sie sackt zusammen und hält sich die Hände vor das Gesicht. »Weißt du was? Guck mich an, wenn ich mit dir rede ...« Sie zieht an Latizias Haaren, sodass sie sie ansehen muss. »Seit du gekommen bist, gibt es den alten Adán nicht mehr. Du hast ihn verhext. Davor war ich sein Liebling, ich war ständig bei ihm, ich habe ihn auch mit anderen Frauen geteilt, doch mit dir war es etwas anderes, das habe ich sofort gemerkt. Seit du da warst, hat er mich nicht mehr angerührt. Nachdem er herausbekommen hat, wer du wirklich bist, durfte ich zweimal zu ihm, sollte ihn befriedigen, mehr nicht. Er hat mich nicht einmal angefasst.

Ich habe die Hoffnung nicht aufgegeben, dass es besser wird, du hast keine Vorstellungen, wie sehr ich Adán liebe.« Latizia schluchzt auf, sie muss sich zusammenreißen, nicht ohnmächtig zu werden, aus zwei Wunden strömt schon das Blut aus ihr. Bara wischt sich ihr Messer wie selbstverständlich an ihrer schwarzen Jogginghose ab. Das ist nicht das erste Mal, dass sie so etwas tut, niemals.

»Am Samstag hat er mich das erste Mal wieder wahrgenommen. Weißt du, was es für ein Gefühl für mich war, als er mich geküsst hat, vor allen? Keine zwei Minuten später ist er aufgestanden und hat dich gesucht, er hat mich nur geküsst um dich zu verletzen. Ich bin in der Nacht zu ihm, nicht alleine und er hat uns wütend weggeschickt, dabei hatte er das Handy in der Hand. Als er dann eingeschlafen ist, habe ich gesehen, dass er dich angerufen hat und da wusste ich, ich muss dich loswerden. Ich habe ihn vorher gefragt, was los ist und er meinte, ich soll es gut sein lassen. Als ich ihm gesagt habe, dass du nicht gut für ihn bist, meinte er, er wüsste das, aber dass er dich liebt! Nachdem er mich das allererste Mal geküsst hat, sagte er mir, dass er dich liebt. Weißt du, was für ein Gefühl das ist? Nein, sicher nicht, du kennst so etwas wie Abweisung gar nicht, oder, du süßes verwöhntes Ding? Oh, wenn Adán dich jetzt sehen könnte ...«

Latizia holt tief Luft, sie muss hier raus. »Meine Familie ... sie wird dich suchen ... « Bara lacht. »Denkst du, ich bin eine Anfängerin, Latizia? Ich bringe dich zum Sehnsuchtsfelsen, kurz vor eurem Gebiet, du wirst wie viele andere Frauen vorher auch da runterspringen und alle werden denken, du wolltest den Tod. Wieso sollte deine Familie auf mich kommen? Sie wissen doch nichts von dir und Adán.« Ihr Lachen wird immer lauter und kranker. Latizia greift in ihre Tasche, sie sind kurz vor den Felsen, gleich beginnt Sierra. Sie versucht heimlich das Handy hervorzuholen, wenn sie jetzt nichts tut …

Erneut trifft sie etwas am Kopf. Latizia lässt alles los, Bara hat sie dabei erwischt, noch während sie fährt, versucht sie, Latizia die Tasche zu entreißen. Latizia muss jetzt etwas tun.

Sie greift ins Lenkrad, versucht gleichzeitig Bara von sich abzuwehren und schreit vor Schmerzen, sie wird nicht sterben, nicht jetzt, nicht hier und nicht durch die Hand dieser Irren. Doch dann spürt sie etwas Kaltes in ihren Körper gleiten. Sie fällt zurück gegen die Beifahrertür und sieht, wie Bara das Messer aus ihrer Seite zieht. Latizia kann sich nicht mehr bewegen, sie will etwas sagen, doch sie sieht nur wie Bara noch einmal ausholt, wieder durchfährt sie ein Schmerz und sie schließt die Augen.

In dem Augenblick weiß Latizia, dass es vorbei ist, dass sie sterben wird. Sie spürt wie sie zu Boden fällt, Gras, sie spürt Gras. »Dann eben nicht, Schlampe, dann beseitige ich dich eben gleich, so eine verdammte Schweinerei im Wagen!« Dann ein Tritt und sie rollt einen kurzen Weg. Sie stößt hier und da an, dann stößt sie endgültig hart auf und bleibt liegen.

Latizia lächelt, der Schmerz lässt nach. Frieden.

Kapitel 9

Paco wird wach, als es sich neben ihm zu viel bewegt. »Was ist los?« Bella steht auf. »Ich weiß nicht, ich habe ein ungutes Gefühl. Schon seit einiger Zeit, ich kann nicht richtig schlafen.« Paco lacht und zieht seine Frau wieder ins Bett. »Ich wüsste da etwas, das hilft immer.« Bella lacht nun auch, als er sie an sich zieht. Er liebt den Geruch seiner Frau. Noch immer bildet sich eine Gänsehaut, wenn er ihren Hals entlangfährt. »Hey ...« Bella hält ein und nimmt sein Gesicht in ihre weichen Hände. »Ich liebe dich, Schatz.« Paco lächelt. »Ich dich auch, Cariño.« Er will gerade anfangen, richtig wach zu werden und sie glücklich zu machen, als das Haustelefon klingelt. Gustavo ist dran. »Paco, der Padre ... er will zu euch.« Paco räuspert sich. »Lass ihn.«

Es ist selten, dass der Padre selbst und dann auch noch ohne Vorankündigung vorbeikommt. Wenn, dann hat es nie etwas Gutes zu bedeuten, und während Paco sich eine Jogginghose und ein T-Shirt überzieht, überlegt er was passiert sein kann. Vielleicht etwas mit einem der Männer, die heute Wache gehalten haben? Aber dann wüssten die anderen doch davon. »Ich habe doch gespürt, dass etwas nicht stimmt.« Bella wird immer blasser; Paco gibt ihr einen Kuss. »Ich werde mal nachsehen, was los ist.« Er will ihr eigentlich sagen, dass sie im Haus bleiben soll, doch sie folgt ihm bereits.

Paco wundert sich nicht, als Rodriguez, genauso verschlafen wie er, auch vor die Haustür kommt. Auch die Jungs kommen aus ihrem Haus. Sie werden alle den Anruf erhalten haben. Da der Padre zu ihnen kommt, muss es um einen ihrer Männer gehen. Der Wagen der Kirche fährt vor, ein Mann öffnet dem Padre die Tür. Als Paco dem alten Mann, den er schon so lange kennt, ins Gesicht sieht, weiß er, dass es schlimm sein muss. So blass hat er ihn noch nie gesehen.

Der Padre hat eine Plastiktüte in der Hand. »Paco, es war gerade jemand von der Klinik bei mir. Sie konnten mich telefonisch nicht erreichen, deshalb ist der Mann direkt zu mir gekommen. Ich muss zur Klinik, weil die Situation sehr kritisch ist. Die Klinik geht nicht davon aus, dass sie die nächsten Stunden überlebt, und ich soll alles vorbereiten. Und da ich eure Familie so lange kenne und die Klinikmitarbeiter Angst haben, es euch zu sagen, haben sie mich gebeten, euch zu informieren.«

Der Padre hat Tränen in den Augen, Paco versteht gar nichts mehr. Doch ein Gefühl kommt in ihm hoch, das ihn zu ersticken droht. »Wovon reden sie, Padre? Wer wird sterben? Wir haben von nichts gehört.« Rodriguez tritt vor und nimmt dem alten Mann die Plastiktüte ab. Der alte Mann sieht unablässig Paco in die Augen, als wolle er ihn damit beruhigen. Rodriguez sieht in die Tüte und flucht. »Woher kommt soviel Blut? Was ist …? Was …?« Er holt ein Handy aus der Tüte und Paco geht ein paar Schritte zurück. Nein!

»Das muss ein Missverständnis sein, Latizia schläft oben in ihrem Bett.« Ein Keuchen geht durch die Menge, als alle verstehen wer gemeint ist. Paco sieht sich panisch um, Sanchez steht am nächsten an ihrer Haustür. »Geh nachsehen!« Bella an seiner Seite ist ganz ruhig, zu ruhig. Sie sieht auf die Tüte, die Rodriguez noch immer in der Hand hält. »Ich habe gespürt, dass etwas nicht stimmt.« Sie hält sich die Hand vor den Mund und will zu Rodriguez, doch Paco hält sie fest. »Nein, das ist nicht von Latizia … «

Sanchez erscheint am Fenster von Latizias Zimmer, er wirkt verzweifelt. »Sie ist nicht da, Paco, nirgendwo!« Bella schreit auf und Paco muss sie halten. Melissa kommt zu ihnen gerannt, der Parkplatz füllt sich immer mehr. Adriana und Chico kommen auch gerade. Paco kann das nicht glauben. Er sieht in alle Gesichter. Er muss träumen! Er kann sich nicht einmal um seine Frau kümmern. Er geht näher zum Padre und Rodriguez kommt dazu. Ob, um ihn aufzuhalten oder um zuzuhören, weiß er nicht. Paco registriert nichts mehr.

»Woher kommen die Sachen meiner Tochter, was macht das Blut darauf und wo ist Latizia?« Der Padre zuckt nicht zurück, Paco spürt seinen Sohn neben sich. »Es tut mir so unglaublich leid, Paco, auch ich habe Latizia …« Paco atmet schneller. »Reden sie nicht so als wäre sie tot, sie ist hier irgendwo. Wo ist sie?« Er spürt, wie Leandro neben ihm zittert, doch er kann sich jetzt um nichts kümmern.

»Vor ungefähr einer Stunde ist ein Mann mit seinen Hunden im Wald am Stadteingang gewesen. Die Hunde haben angeschlagen und zwischen einigen Büschen … Latizia gefunden. Sie hat viele Verletzungen, zu viele, Paco, sie wurde mehrmals mit einem Messer verletzt. Als der Mann sie gefunden hat, muss sie da schon einige Zeit gelegen haben.«

Bellas verzweifelte Schreie werden immer unerträglicher, doch Paco bewegt sich kein Stück. »Sie hat noch einen Puls gehabt, aber sehr schwach, zu schwach. Sie haben sofort angefangen, sie zu operieren, doch es waren zu viele Verletzungen. Sie hat zu viel Blut verloren. Die Ärzte haben mich gebeten, euch auf das Schlimmste vorzubereiten und selbst zu kommen. Sie hat gerade mal 10% Überlebenschancen, aber ich soll euch ausrichten, dass die Ärzte alles tun, um sie zu retten. Sie hatten aber Angst vor eurer Rea …«

Paco wendet sich ab; alle sehen ihn an. Rodriguez hat Tränen in den Augen, Leandro steht unter Schock, doch Paco interessiert all das nicht. »Latizia?« Er glaubt das nicht, es muss ein Missverständnis sein. Er geht zurück ins Haus, rennt in ihr Zimmer, ins Bad, ruft sie durch das ganze Haus. Als er in die Küche kommt, sieht er auf ein Bild, das Latizia in einem rosa Kleid, mit geflochtenen Zöpfen als kleines Mädchen zeigt.

Sein Mädchen, seine kleine Princessa. Langsam dringt alles an ihn heran. Er hebt den Esstisch an, auf dem noch ein Block von Latizia drauf liegt und schmeißt ihn mit lautem Krachen durch die Küche.

Sanchez und Rico kommen in die Küche gerannt. Paco sieht ihre Verzweiflung und das erste Mal auch wieder Angst in ihren Augen; sie alle lieben Latizia sehr. Er hört Lando weinen, der bei Melissa auf dem Arm ist, nachdem Bella zusammengebrochen ist. »Paco, wir müssen ins Krankenhaus, wir müssen zu Latizia.« Sanchez flüstert. Paco hat keine Ahnung wie er aussieht, doch er fühlt sich, als würde er jeden Moment komplett seinen Verstand verlieren.

Rodriguez kommt herein. »Bella ist schon mit dem Padre und Melissa los.« Er nimmt Lando auf den Arm und wendet sich an Sanchez. »Bring Lando deiner Oma, sag deinem Vater und allen anderen Bescheid. Rico begleite ihn. Paco? … Paco!« Paco starrt auf die Tüte in Rodriguez' Hand, der versucht, alles zu regeln. Er entreißt sie seinem Bruder. »Lass das, Paco, tu dir das …« Sanchez keucht auf, als Paco die Tasche von Latizia herausholt. Sie trieft vor Blut. Ist das alles ihr Blut? Ihr Handy liegt dabei, kaputt, ihre Turnschuhe, es ist alles voller Blut.

»Wir sollten das zurück ins Krankenhaus bringen. Paco, komm, Bella braucht dich jetzt, Leandro steht vollkommen unter Schock, komm jetzt mit mir!« Paco blickt auf die Sachen und seine jetzt blutverschmierten Hände. Die Jungs gehen schon vor und Lando sieht von Sanchez' Arm zu ihm. Rodriguez stellt sich genau vor Paco und zwingt ihn ihn anzusehen. »Paco …« Er unterbricht seinen Bruder. »Sie hat in ihrem Zimmer geschlafen. Ich war, bevor ich ins Bett gegangen bin, nochmal nachgucken, weil Sena an der Tür gekratzt hat und sie war da, Rodriguez.«

Sein Bruder nimmt Paco in den Arm und das erste Mal lässt sich der Ältere von dem Jüngeren beruhigen. »Ich liebe sie auch wie meine eigene Tochter und wir werden all das klären, aber jetzt müssen wir ins Krankenhaus. Sie ist da, Paco, und sie kämpft gerade um ihr Leben. Wir geben sie nicht auf, niemals!« Paco nickt und wischt sich die Tränen ab. Sie ist doch sein kleines Mädchen und er konnte sie nicht beschützen.

Als sie aus dem Haus kommen, stehen Chico und Leandro da, alle anderen sind schon vorgefahren. Leandro weint stille Tränen und Paco greift seinem Sohn an die Schulter. »Lass uns zu deiner Schwester fahren.« Den ganzen Weg zum Krankenhaus begreift Paco nicht, wie und was da passiert sein soll. Er steht neben sich. Sie gehen zum Warteraum vor der Intensivstation. Bella sitzt neben Melissa und Adriana und weint sich die Seele aus dem Leib; der Padre läuft im Raum umher.

»Wo ist sie?« Paco geht zu seiner Frau und zieht sie in seine Arme. »Sie wird noch operiert.« Eine Schwester kommt aus dem Bereich, wo die Operationsräume liegen. »Wissen sie, wie es Latizia Surena geht?« Rodriguez spricht sie an. Die Frau sieht eingeschüchtert zu ihnen und schüttelt dann den Kopf. »Die Operation läuft noch, es … sieht aber nicht gut aus.« Bella reißt sich von Paco los. »Ich will zu ihr, lassen sie mich zu meinem Kind!« Die Frau schüttelt den Kopf. »Das geht nicht, solange die OP noch läuft, sie erfahren es sofort, wenn sich etwas Neues tut.«

In dem Moment kommen Ramos, Mano, Hernandez und Josir herein und Rodriguez erklärt ihnen alles. Paco hält Bella weiter an sich. Er fühlt sich ohnmächtig, kann nichts tun, um seiner Tochter zu helfen. Einige Polizisten kommen herein; einen Beamten kennt Paco mittlerweile ziemlich gut. Sie gehen alle in Richtung OP-Räume. »Wie kann das sein? Hat sie jemand aus unserem Haus entführt? Sie würde doch niemals einfach nachts alleine irgendwo hinfahren!« Bella kann kaum Luft holen und Paco ruft nach einer Schwester. »Meine Frau braucht ein Beruhigungsmittel, schnell.«

Die Minuten vergehen wie Stunden. Juan kommt mit Miko, Raul, Pepo und Tito, auch die Frauen kommen. Nach und nach füllt sich das Krankenhaus mit ihnen und allen ist der Schock ins Gesicht geschrieben; sie weinen. Juan hält Bella lange im Arm und Paco ist ihm dankbar, da er keine Kraft hat, jemanden zu trösten, weil er selbst völlig wahnsinnig wird.

Irgendwann tritt der Polizist zu ihnen, den Paco gut kennt. Er hat jetzt hier in Sierra das Sagen, nachdem Paco dafür gesorgt hat, dass alle, die etwas mit dem Handel von Garcias zu tun haben, verschwinden. Sie respektieren sich und der Mann räuspert sich, als er zu ihnen tritt. »Es tut mir sehr leid, Mister Surena, was mit ihrer Tochter passiert ist. Die Operation ist vorbei und die Ärzte sagen, dass sie alle Blutungen stoppen und ihre Tochter etwas stabilisieren konnten. Ihre Tochter hat durch die vielen Wunden sehr viel Blut verloren. Es besteht leider nur eine 30% Chance, dass sie die nächsten Stunden überlebt. Doch sie sollten wissen, dass die Ärzte alles getan haben, was sie können.«

»Ich will zu meiner Tochter!« Bella schreit ihn an, Paco würde ihn am liebsten allein für seine Worte töten, doch er kann sich nicht bewegen. »Das können sie. Die Schwester bringt sie zu ihr, aber nur die engste Familie.« Paco will auch vorbei, doch der Polizist deutet ihm zu warten. Sobald Bella weg ist, tritt er näher, Juan und alle anderen kommen auch näher um zuzuhören. »Hören sie, es tut mir wirklich leid. Wir haben den Tatort abgesucht, es gibt einige Reifenspuren die zeigen, dass das Auto nicht gerade unterwegs war. Leider waren sie zu ungenau, sodass wir keinen Fahrzeugtyp feststellen konnten. Es muss ein Kampf im Auto stattgefunden haben.

Latizia ist dann, wahrscheinlich in dem Glauben, bereits tot zu sein, aus dem Auto in den Wald gestoßen worden. Es ist ein Wunder, dass der Mann sie gefunden hat, doch sie muss dort bereits mehr als drei Stunden gelegen haben.« Paco schließt die Augen und der Mann räuspert sich. »Wir sind erst davon ausgegangen, dass es sich dabei auch um den Mann handeln muss, der all die anderen Mädchen auf dem Gewissen hat, die hier verschwunden sind. Doch die Untersuchungen gerade haben gezeigt, dass das nicht der Fall ist. Ihre Tochter ist … noch unberührt, deswegen sind wir sicher, dass es sich nicht um den Täter handelt.«

Paco öffnet seine Augen wieder. »Was ist mit ihr passiert? Sagen sie es ehrlich.« Der Polizist reibt sich den Kopf und stöhnt leise auf. »Wir werden es weiter untersuchen, auch wenn uns klar ist, dass sie sich jetzt darum kümmern, aber es … sie wurde dreimal mit dem Messer getroffen, im Bein, an der Hüfte und am Arm. Ihr Kopf muss oft hart aufgeschlagen sein, denn sie hatte einige innere Blutungen und Quetschungen. Egal wer das war, die Person wollte ihre Tochter nicht verletzen, sie wollte sie töten. Latizia ist dort zum Sterben zurückgelassen worden. Ich weiß nicht, wann ich das letzte Mal so etwas Kaltblütiges gesehen habe. Ich verspreche, dass ich, sobald ich mehr erfahren habe, mich melde.«

Paco ist kurz davor sich zu übergeben. Es fühlt sich immer noch nicht an, als reden sie von Latizia. »Danke, wir wissen ihre Mühe zu schätzen und sollten sie irgendetwas herausbekommen, sollten sie uns informieren, bevor sie etwas unternehmen. Die Familia kümmert sich darum.« Juan ringt selbst nach Fassung, doch wenigstens kann er einige Worte an den Polizisten richten. Paco macht sich auf den Weg in den Intensivbereich, nur Leandro darf noch mit.

Erst in dem Moment, als sie die Tür öffnen und Bella weinend an einem Bett sitzen sehen, begreift Paco, was wirklich passiert ist. Er sieht die vielen Geräte, Schläuche und hält die Luft an, als er ins Bett sieht. Es ist Latizia, doch er erkennt seine Tochter kaum wieder, sie trägt einen Verband um den Kopf, die noch sichtbaren Haare sind blutig. Ihr linkes Auge ist so geschwollen, blau und dick, dass man kaum etwas anderes erkennen kann. Paco spürt sein Zittern, als er sich ans Bett stellt. Sie bekommt Blut, ihre Arme sind voller blauer Flecken, der Rest des Körpers wird von einer Decke verdeckt, doch Paco weiß, dass sie drei Messerstiche abbekommen hat.

»Mein Engel.« Er hört selbst, wie gebrochen sich seine Stimme anhört, als er sich zu Latizia beugt und ihre Stirn küsst. Leandro zieht sich einen Stuhl neben seine Mutter und setzt sich ebenfalls zu ihr. Latizia ist so schwach, ganz langsam hebt und senkt sich ihr Brustkorb, die Herztöne werden auf einem Monitor angezeigt. Eine Schwester kommt herein, als sich Paco zu Latizia aufs Bett setzt und seine Hand an ihre Wange legt. Er spürt die Tränen, die ihm die Wange herunterlaufen. Es hat ihm das Herz gebrochen, seinen Bruder tot zu sehen. Sein kleines Mädchen jetzt so zu sehen, so nah dabei ihrem Onkel zu folgen, zu sehen, wie sie gequält wurde und was für Schmerzen sie durchgemacht haben muss, bringt ihn um.

»Wie konnte das nur passieren?« Er blickt zu seiner Frau, die verzweifelt die Hände von Latizia an ihre Lippen hält. »Ich weiß es nicht. Wie ist sie dahin gekommen? Es kann doch nicht sein, dass niemand bemerkt hat, dass jemand in unser Gebiet gekommen ist. Oder ist sie weggelaufen? Ich weiß es einfach nicht.« Paco würde seiner Frau gerne Antworten geben, doch er versteht all das selbst nicht. Er weiß nicht wie es passieren konnte, dass ihre Tochter jetzt hier liegt.

Die Schwester überprüft alle Geräte, als sie zum Monitor mit dem Herzschlag und allen anderen Funktionen sieht, seufzt sie leise. »Wie sieht es aus? Wann kann man Genaueres sagen?« Die Schwester sieht noch einmal zum Monitor. »Sie ist sehr schwach. Sie sollten damit rechnen, dass ihr Körper nicht mehr mitmacht. Bleiben sie bei ihr. Ich habe schon Patienten erlebt, die haben sich von noch Schlimmerem erholt. Trotzdem rechnen sie mit allem.« Sie lächelt Bella zuversichtlich an und diese beginnt, ein leises Gebet zu sprechen.

Leandro hat noch keinen Ton gesagt, seit sie aus dem Haus gerufen wurden. Er sitzt stumm am Bett und sieht in Latizias Gesicht. Paco sieht, dass er geweint hat, sieht Wut, doch er sagt kein Wort und regt sich nicht. Paco wendet sich wieder zu seinem Engel um. Er nimmt ihre andere Hand in seine, achtet darauf, keines der Kabel abzureißen und streichelt mit dem Daumen über ihren Handrücken. Niemand sagt ein Wort, Paco starrt auf den Monitor, auf jeden einzelnen Herzschlag seiner Tochter. Sie muss kämpfen, sie darf sie nicht verlassen.

Paco kann die nächsten Stunden nicht aufhören auf den Bildschirm zu starren. Er wird nicht müde, dem Herzschlag seiner Tochter zu lauschen. Irgendwann wurde er langsamer, Paco hat automatischer stärker ihre Hand umfasst, ihr Gesicht gestreichelt. Bella hat wieder angefangen zu beten, es kam schon ein Arzt mit zwei Schwestern herein, doch sie hat sich wieder gefangen. Paco traut sich nicht einmal, zur Uhr zu sehen. Irgendwann ist Bella am

Bett eingenickt, Leandro hat ihr eine Decke und ein Kissen besorgt. Auch wenn er es nicht will, spürt Paco, dass er sich kurz bewegen muss. Er sieht auf der Uhr, dass es mitten in der Nacht ist. Sie sind den ganzen Tag und die halbe Nacht bei Latizia am Bett gewesen.

»Ich komme gleich wieder. Willst du noch etwas haben?« Leandro hat ihnen zwischendurch etwas zum Trinken geholt, essen konnte niemand von ihnen. Sein Sohn schüttelt den Kopf. Das erste Mal verlässt Paco jetzt das Krankenzimmer. Er geht hinaus in den Wartebereich und reibt sich müde die Augen. Es ist ein überwältigendes Gefühl, als er den komplett gefüllten Wartebereich sieht; alle sind da. Juan, Rodriguez, alle Mitglieder der engeren Kreise, die Frauen, Dilara, Sanchez. Sie alle sehen ihn müde, verweint und hoffnungsvoll an.

»Wie geht es ihr?« Paco winkt ab. »Es hat sich noch nichts geändert. Sie ist sehr schwach. Solange ich draußen bin, kann einer von euch zu ihr, wechselt euch ab.« Er geht in die Krankenhauskapelle. Es ist das Einzige, was er momentan tun kann. Der Padre kommt gerade heraus. »Ich habe gehört, dass sich ihr Zustand nicht verändert hat. Es ist doch gut, dass er nicht schlechter geworden ist.« Paco nickt. »Er ist aber auch nicht besser geworden.«

Der Padre verspricht ihm, dass er die ganze Zeit hier bleibt, damit er jederzeit da ist, sollte etwas passieren. Danach lässt er ihn allein und Paco setzt sich ganz nach vorne auf eine der Holzbänke; niemand außer ihm ist hier.

Paco legt den Kopf in den Nacken. Wie konnte er zulassen, dass seinem kleinen Mädchen so etwas passiert? Paco kann nichts tun, es macht ihn rasend. Er kniet sich hin und beginnt ein Gebet. Erst als er die Tür hört, beendet er sein Gebet, bleibt aber noch sitzen. Er spürt seinen Bruder, der zu ihm nach vorn kommt, sich bekreuzigt und sich auf die Holzbank hinter ihm setzt. Immer wieder geht die Tür auf, doch Paco bleibt knien und bittet Gott nur um diesen einen Wunsch, ihm seinen Engel nicht wegzunehmen.

Erst als er den Drang verspürt wieder zu Latizia zu gehen, erhebt er sich. Als er sich umwendet, sieht er auf die inneren Kreise, die gesamte alte Generation hat sich hier in der Kapelle hinter ihm versammelt. »Wir waren alle kurz bei ihr.« Juan wischt sich über die Augen. »Wir wollten noch warten, doch ich gebe jetzt raus, dass sie die ganze Stadt, alles auf den Kopf stellen sollen. Egal wer das war, er wird büßen.« Paco nickt und sieht Rodriguez in die Augen. »Ich will wissen, wie es passieren konnte, dass jemand zu ihr oder sie zu jemandem kam, ohne dass wir es mitbekommen haben!«

Alle nicken und erheben sich, sie werden ihre Befehle geben, aber Paco weiß, das niemand von ihnen selbst das Krankenhaus verlassen wird, solange es Latizia nicht besser geht. Jeder hier in der Kapelle liebt Latizia über alles. Er hält inne, will noch etwas sagen, doch er findet keine Worte für all das, deswegen kehrt er zurück zu seiner Tochter, nimmt ihre Hand in seine und sieht auf jeden ihrer Herzschläge.

Kapitel 10

»Du solltest etwas schlafen, Papa.« Leandro kommt zurück zu ihnen in den Raum, es ist schon wieder nachts. Er sitzt seit fast zwei Tagen ununterbrochen an Latizias Bett und starrt auf ihren Herzschlag. Irgendwann hat er kurz geduscht, nachdem ihnen Sachen gebracht wurden, ansonsten rührt er sich nicht vom Fleck. Es gab noch zweimal Alarm, weil Latizias Herz langsamer geschlagen hat, doch sie hat jedes Mal den Kampf gegen den Tod gewonnen. »Du solltest dich ausruhen, fahr für ein paar Stunden nach Hause«, rät sein Vater ihm. Sie alle sind nicht von Latizias Seite gewichen.

Leandro bietet seiner Mutter etwas zu trinken an, die genau wie Paco weiter neben Latizia sitzt und ihre Hand hält. Keiner von ihnen wird müde ihre Tochter anzusehen, denn die Angst, dass der Herzschlag, der gerade ertönt, der Letzte ist, ist zu groß. »Nein, ich gehe nicht. Ich habe mich in den letzten Wochen sehr falsch verhalten, ich habe meine eigene Schwester vergessen.« Leandro murmelt leise vor sich hin, doch Paco versteht ihn und sieht zu ihm und vom Monitor weg.

»Was meinst du genau?« Leandro kommt näher. Er streichelt vorsichtig mit seinem Daumen über Latizias Wange. Die Schwellung ist schon etwas zurückgegangen, dafür wird die Verfärbung immer schlimmer, auch an ihren Armen sieht man immer mehr blaue Flecken. Wer auch immer das war, er wird diese Tat bereuen. »Ich hatte in den letzten Wochen keine Zeit für sie. Ich weiß nicht einmal, wann ich das letzte Mal lange mit ihr geredet habe. Sie war einfach da, aber ich habe sie kaum noch registriert. Wenn ich nur geahnt hätte, dass ich sie verlieren könnte …« Leandro stockt, man hört, wie schwer ihm diese Worte fallen und wie tief das Schuldgefühl in ihm steckt.

Bella greift über das Bett auch nach der Hand ihres Sohnes. »So ging es uns doch allen. Dein Vater und ich hatten die letzte Zeit auch zu wenig Zeit für sie. Latizia ist so ruhig und lieb, dass man sie oft übersieht und das ist ein großer Fehler. Jetzt wissen wir das und du wirst bald viel Zeit mit deiner Schwester verbringen können.« Paco betet, dass seine Frau recht hat. Die Tür geht auf und es erscheint der Arzt, der Latizia operiert hat.

Er lächelt. Das erste Mal, seit sie hier im Krankenhaus sind, lächelt jemand und sieht sie nicht mitleidig an. »Da ist ja unsere kleine Kämpferin. Sie hat jetzt fast 48 Stunden geschafft und man kann davon sprechen, dass sie sich nun auf dem Weg der Heilung befindet. Sie ist noch nicht zu 100% über den Berg, doch ihre Chancen haben sich von 30 auf 60% gesteigert. Das neue Blutbild hat gezeigt, dass sie keine inneren Entzündungen hat. Ich sehe mir jetzt die Wunden an, dann kann man langsam beginnen, die Dosierung der Beruhigungs- und Schmerzmittel runterzufahren, sodass sie etwas wacher wird.«

Bella schlägt sich die Hand vor den Mund und beginnt zu weinen, Paco legt den Kopf in den Nacken und atmet tief ein, seine kleine Prinzessin hat es geschafft. Auch wenn am Anfang alle zu ihnen gesagt haben, dass sie die nächsten Stunden nicht überleben wird, hat sie es geschafft. Er beugt sich vor und küsst Latizias Stirn, bevor er den Arzt heranlässt. Bella krallt sich an sein Shirt, als er sie in den Arm nimmt.

»Ich liebe dich Schatz. Unser Engel hat es geschafft, hörst du?« Seine Frau nickt und Paco muss lächeln. Er sieht aus dem Augenwinkel, dass der Arzt die Decke zurückschlägt und winkt Leandro zu sich. »Bring deine Mutter raus, sie soll endlich etwas Richtiges essen. Gebt den anderen Bescheid, dass das Schlimmste geschafft ist. Alle sollen sich mal ausruhen gehen.«

Leandro sieht auch zum Arzt, hört aber auf ihn und verlässt mit seiner Mutter das Zimmer. Paco geht zurück zum Bett. Er muss sich zusammenreißen, als er den Körper von Latizia sieht.

Seine Tochter war schon immer sehr zart, doch jetzt wirkt sie geradezu zerbrechlich. Ihre Beine sind übersät von Schrammen und blauen Flecken. Als der Arzt ihren Krankenhauskittel hochzieht, sieht er einen Verband an ihrem Oberschenkel. Er öffnet den Verband und Paco sieht den Umfang der Verletzung.

»Ertragen Sie es? Sie sind ziemlich blass?« Eine Schwester sieht zu Paco, doch der nickt. Er muss da jetzt durch, um zu sehen, was Latizia alles mitmachen musste. Die Tür geht auf und Juan und Rodriguez treten zu Paco. Es ist immer abwechselnd einer von ihnen mit bei Latizia im Raum gewesen. Jeden macht es fertig, sie so zu sehen, doch jetzt umarmt Rodriguez Paco erleichtert. Juan geht zu Latizia und küsst ihre Wange. Als er dann auf die Wunde sieht, erkennt Paco genau die gleichen Gefühle, die er gerade durchmacht. Wer auch immer das war, seine letzten Atemzüge sind gezählt.

Da sie am Oberkörper komplett verbunden ist, können sie kaum etwas erkennen, doch der Arzt sagt ihnen, dass einer der Stiche nicht so gut heilt wie die anderen und er am Nachmittag noch einmal einen Blick darauf werfen will. Er ordnet an, dass die Medikamente etwas zurückgefahren werden und erklärt, dass es trotzdem noch einige Stunden dauern könne, bis Latizia wirklich ansprechbar sein wird. »Dilara will unbedingt zu ihr.« Paco nickt. »Hat sie irgendetwas gesagt? Weiß sie, wer das gewesen sein kann?«

Rodriguez schüttelt den Kopf. »Sie sagt, dass Latizia ihr nichts erzählt hat und sie ist sich auch sicher, dass sie nicht weggefahren ist. Ansonsten hätte sie ihr das gesagt und sie als Hilfe für ein Alibi genommen, Latizia zu decken. Sie ist sich absolut sicher, doch wir haben Leandros Wagen an ihrer Uni gefunden. Einige Männer haben gesehen, wie er in der Nacht aus Sierra hinaus gerast ist. Sie sind aber davon ausgegangen, dass es Leandro am Steuer war.«

Keiner versteht das. »Das Handy wurde gereinigt, wir konnten die Karte retten, und es kam nichts rein. Sie hat mit niemandem telefoniert, keine Nachricht bekommen oder verschickt, bevor sie los ist. Dilara ist sich ganz sicher, dass sie sie eingeweiht hätte, hätte sie etwas vorgehabt. Keiner weiß wirklich, was da in der Nacht passiert ist.« Paco sieht auf seine Tochter. Sobald sie reden kann, werden sie erfahren, wer hinter all dem steckt.

»Ich komme später noch einmal wieder.« Dania gibt Leandro einen Kuss und streicht mit ihrem Finger unter seine Augen. Er weiß, dass man ihm den wenigen Schlaf ansieht. »Ich mache mir Sorgen, du solltest dich etwas ausruhen.« Leandro gibt Dania einen Kuss und schüttelt nur den Kopf. Sanchez kommt zu ihnen und legt den Arm um Celestine, die bei ihnen steht. »Ich bringe die beiden nach Hause, dann komme ich wieder. Soll ich etwas mitbringen?« Leandro sieht zur Uhr, es ist schon wieder ein Tag um, seit sie erfahren haben, dass Latizia über den Berg ist. Ihr Zustand verbessert sich immer mehr. Sie hatte auch schon ein paar Mal kurz die Augen offen, hat sich bewegt, doch richtig wach war sie noch nicht.

»Miko hat vorhin Pizza gebracht, aber du kannst Lando nochmal für ein paar Minuten mitbringen, er weint sehr viel.« Sanchez nickt und geht mit Dilara und Celestine aus dem Krankenhaus. Mittlerweile ist es nicht mehr so voll. Die meisten ruhen sich aus nach der Erleichterung, dass seine Schwester überleben wird. Viele sind unterwegs, um etwas herauszubekommen, wobei sie sich immer abwechseln. Gerade waren Rodriguez und Ciro lange bei ihnen und Miko kommt gleich wieder. Es ist immer jemand da, denn sie alle warten darauf, dass Latizia wieder zu sich kommt.

Leandro geht zurück und öffnet leise die Tür zu dem neuen Raum, in den Latizia vor einigen Stunden verlegt wurde. Hier ist es viel geräumiger, es gibt zwei Sessel, einen Tisch und viel mehr Platz. Auf einem Sessel liegen oder vielmehr sitzen ihre Eltern und sind eingeschlafen. Daneben sitzt zusammengekauert Dilara auf dem Sessel und schläft. Leandro schließt die Tür und sieht zu Latizia.

Plötzlich wendet sie ihren Kopf und sieht ihn an. Es ist der Moment, für den sie alle die letzten Tage gebetet haben. Leandro kann nichts sagen, er geht ans Bett und sieht seiner Schwester in die müden Augen. »Leandro? Was ist mit meinen Augen? Ich sehe nicht so gut ...« Die Stimme von Latizia ist nur ein heiseres Flüstern, doch Leandro lacht glücklich auf. Er setzt sich zu ihr, nimmt ihr Gesicht in seine Hand und küsst vorsichtig ihre verletzten Wangen.

»Dein eines Auge war komplett zugeschwollen. Es ist noch nicht ganz offen, aber es wird immer besser.« Latizia will sich bewegen und schreit vor Schmerzen auf. In dem Moment werden ihre Eltern wach. »Latizia.« Ihre Mutter ist sofort da, küsst ihre Tochter. Ihr Vater umfasst vorsichtig ihr Gesicht, doch Latizia kann nicht reagieren, denn sie scheint große Schmerzen zu haben.

Leandro klingelt nach der Schwester, während Latizia zu weinen beginnt. »Was ist genau passiert? Mir … ich … weiß nicht mehr genau …« Es zerreißt Leandros Herz, sie so zu sehen. Ihre Mutter hält Latizia, während diese immer verwirrter umherblickt und gleichzeitig vor Schmerzen laut aufstöhnt. Die Schwestern kommen und geben Latizia wieder etwas mehr Schmerzmittel. Es dauert fast zehn Minuten, bis Latizia sich etwas beruhigt hat und ihre Schmerzen so weit unterdrückt sind, dass sie ihr erklären können, wie sie gefunden wurde und wie knapp es war, dass sie sie nicht verloren haben.

»Es tut mir so leid …« Egal wie schlecht es ihr geht, Latizia sieht sofort in die erschöpften Gesichter ihrer Eltern und entschuldigt sich. »Was redest du da? Nichts braucht dir leidzutun. Sieh mich an, Latizia.« Ihr Vater setzt sich zu ihr. »Was ist passiert in der Nacht? Wohin bist du gefahren? Wer hat dir das angetan?«

Leandros Herz schlägt schneller, er will es wissen, er kann sich nicht erklären, wer seiner Schwester so etwas antun würde und er will sie rächen.

»Ich weiß es nicht, ich kann mich nicht daran erinnern …« Ihr Vater nickt, auch wenn Leandro genau sieht, dass er am liebsten platzen würde. Sie alle müssen erfahren, wer das getan hat. »In Ordnung, ruh dich aus.« Dilara wird langsam wach und kommt auch zu ihnen. Jedem fällt ein Stein vom Herzen, wieder in Latizias Gesicht sehen zu können, sie sprechen zu hören. »Mir tut alles weh, wann werde ich wieder normal laufen können?«

Eine Schwester ist noch immer bei ihnen im Zimmer und eine andere kommt gerade herein. »Wir werden morgen langsam anfangen Wir dürfen nichts überstürzen. Es ist schon fast ein Wunder, dass sie ihre Augen jetzt aufhaben, also immer schön langsam.« Latizia nickt und wischt sich die Tränen weg. Ihr fallen die Augen schon wieder zu, sie ist noch viel zu erschöpft. Ohne weiter auf seine Eltern zu achten, geht Leandro zu ihr. Da sie nicht mehr so viele Schläuche hat, kann er sie etwas zur Seite schieben und als sie ihn bemerkt, rutscht sie etwas.

Er legt sich zu ihr, Latizia legt ihren Kopf auf seine Brust und schläft sofort ein. Auch Leandro schließt die Augen, er wird ihr noch viel sagen. Die letzten Wochen tun ihm wirklich leid, er hätte sich niemals verziehen, wenn er sie verloren hätte. Er hat kaum mehr ein Wort mit ihr gesprochen. »Bleibst du hier?« Latizia ist noch sehr schwach. Leandro küsst ihre Stirn. »Ja, ich bleibe hier!«

»Das ist doch nicht dein Ernst?« Damian lacht und nimmt Dilara ihre große Tasche weg. »Du machst doch sonst immer, was du willst. Wieso jetzt nicht?« Damian packt die Tüte mit den frischen Teigfladen, die er gerade für Latizia gekauft hat, in Dilaras Tasche und gibt sie ihr wieder. »Sie haben heute Mittag schon überlegt, mich und Miguel rauszuschmeißen, als wir Cola verschüttet haben. Wir wollen hier keinen Streit anfangen, solange jemand von uns hier medizinisch versorgt werden muss.« Ihr Bruder, Sami, Kasim und Miguel sind sofort zurückgekommen, als sie das mit Latizia erfahren haben. Sie sind genau an dem Tag zurückgekommen, als Latizia das erste Mal wach geworden ist. Heute ist Sonntag, vor genau einer Woche ist Latizia fast umgebracht worden, seit drei Tagen ist sie wieder wach, und sie kann sich auch schon etwas bewegen. Heute haben ihre Mutter und Dilara ihr geholfen sich abzuduschen, auch wenn ihre Verbände alle noch dran bleiben müssen.

Dilara ist immer nur zum Duschen zuhause. Sie schläft im Krankenhaus und ist immer da, entweder mit Paco oder mit Bella, sie wechseln sich ab. Dilara ist erschöpft, Latizia geht es immer noch schlecht, alle versuchen aus ihr herauszubekommen was passiert ist, doch sie sagt, sie weiß es nicht mehr genau. Sie schläft kaum noch und wenn doch, dann wird sie sofort wieder wach. Sobald die Tür aufgeht, schreckt sie zusammen. Sie will immer, dass einer von ihnen um sie herum ist. Man merkt Latizia ihre Angst an und doch verliert sie kein Wort über die Ursache.

Alle verzweifeln langsam, doch die Ärzte bitten sie, Latizia Zeit zu lassen. Sie muss mit all dem fertig werden und soll nicht unter Druck geraten. Damian hat Latizia ihr Lieblingsessen besorgt und Dilara wird zum Schmuggeln gezwungen. »Hey … alles klar bei dir? Du sieht auch sehr fertig aus.« Damian hält sie vor Latizias Zimmer zurück und Dilara nickt, doch sie spürt, wie ihr die Tränen in die Augen steigen. »Wir haben sie fast verloren, Damian … ich kann nicht glauben, wie knapp das war.« Ihr Bruder lächelt. »Aber sie ist noch da, also lass uns jetzt dafür sorgen, dass sie wieder die Alte wird.«

In dem Moment geht die Tür auf und Sara kommt heraus. »Hey, ich muss los zu Lando. Ich komme später aber nochmal. Braucht ihr irgendetwas?« Dilara schüttelt den Kopf; alle sind durcheinander und desorientiert. Im Raum sitzen ihre Mutter, Bella, Juan und Miguel. Alle sind leise, weil Latizia endlich einmal schläft, doch Bella weint und als Dilara genauer zu Latizia sieht, weiß sie auch warum. Sie ist schweißgebadet, sie wälzt sich von der einen Seite zur anderen.

»Sie hat Todesangst, sieht immer zur Tür, schläft nicht … Wieso sagt sie nicht endlich etwas?« Miguel reibt sich über die Augen und Dilara setzt sich zu ihm, doch genau in diesem Augenblick setzt sich Latizia auf und schreit so panisch, dass es Dilara durch jeden einzelnen Knochen geht. Leandro kommt ins Zimmer gestürmt. Er muss gerade vor der Tür gewesen sein und ist am schnellsten bei ihr am Bett.

Sobald Latizia bemerkt, wo sie ist, beruhigt sie sich und beginnt zu weinen; sie entschuldigt sich immer wieder. Dilara kann das nicht mehr ertragen. Sie bleibt neben Miguel sitzen und weint ebenfalls, es erstickt sie, Latizia so leiden zu sehen. Latizia ist blass, ihre Wangen und Arme übersät von blauen Flecken, ihr eines Auge ist noch immer blau umfärbt, all die Verbände und jetzt die tiefen Ränder unter den Augen, weil sie nicht schlafen kann.

Es bricht ihr das Herz, sie so zu sehen und nicht nur ihr.

»Hör auf, sie wird schon wieder.« Miguel nimmt Dilara in den Arm, während Bella und Juan mit Leandro bei Latizia sind. Wie gestern schon bittet Latizia, endlich nach Hause zu dürfen. Sie sagt, dass sie sich dort besser ausruhen und schlafen könne. Dilara hofft es, allerdings sind ihre Wunden zu stark. Sie wäre fast gestorben, die Ärzte wollen sie noch mindestens eine Woche im Krankenhaus behalten, doch da Latizia unbedingt nach Hause möchte, wird Frau Anoltzas sich darum kümmern, dass sie früher gehen kann und sich dann um sie kümmern.

»Ich rufe Frau Anoltzas gleich nochmal an.« Juan streicht Latizia die Haare nach hinten. »Du bist hier sicher, Engel. Wir sind jetzt da und du musst uns sagen, wer das war. Wir suchen denjenigen und machen schon …«

Latizia ist noch immer panisch, auch wenn sie sich etwas beruhigt hat und unterbricht ihren Onkel. »Nein, nein … nein, bitte, das dürft ihr nicht. Ihr dürft nicht nach jemandem suchen, nicht sagen, dass ich noch lebe, versteht ihr? Wenn rauskommt, dass ich noch lebe, werde ich getötet. Dann wird die Person es zu Ende bringen.« Sie flüstert nur noch, doch jeder versteht sie, denn es ist totenstill.

Sie begreifen in dem Moment, dass Latizia genau weiß, wer sie versucht hat zu töten.

Kapitel 11

Keiner von ihnen schafft es, weder Latizia irgendwie zu beruhigen, noch aus ihr herauszubekommen, wer sie versucht hat zu töten. »Ihr versteht es nicht. Ich muss hier weg! Zuhause bin ich sicher. Hier kann jeder rein und raus gehen, wie er will.« Juan schnalzt die Zunge. »Du verstehst das nicht, Latizia. Du musst uns sagen wer das war, wer dahintersteckt und es wird heute noch zu Ende sein, für immer.« Anstatt zu antworten, quält sich Latizia langsam aus dem Bett.

»Warte doch, du sollst noch nicht aufstehen.« Latizia kämpft gegen die Tränen. Dilara will sich nicht einmal vorstellen, was für Schmerzen sie noch immer haben muss. Ihr Auge ist immer noch etwas blau umrandet, Verbände sind am Oberkörper und ihrem Oberschenkel, jeder Schritt bereitet ihr Schmerzen. »Dilara, kannst du mir die Tasche rausgeben? Ich gehe! Es ist mir egal was die Ärzte …« Die Tür öffnet sich und Paco tritt ein. »Was ist hier los?«

20 Minuten später verlassen sie alle zusammen das Krankenzimmer mit Latizia. Ihr Vater hat sofort veranlasst, dass sie nach Hause kann. Neben Frau Anoltzas wird nun auch der behandelnde Arzt aus dem Krankenhaus täglich vorbeikommen, um nach Latizia zu sehen, doch als Paco gesehen hat, wie ängstlich und müde Latizia ist, hat er sie da rausgeholt. Als sie kurz mit Bella auf der Toilette war, hat er auch gesagt, seine Hoffnung sei, dass sie, sobald sie zuhause in Sicherheit sei, sagen würde, was genau ihr passiert sei.

Dilara weiß es nicht. Sie weiß nichts mehr, doch sie bewundert alle anderen dafür, einen einigermaßen klaren Kopf zu behalten. Sie haben all diese Geschehnisse so sehr aus der Bahn geworfen, dass sie überhaupt nicht mehr klar denken kann. Latizia wird im Rollstuhl gefahren, und als sie den Flur entlanggehen, steht ein älterer Mann auf und kommt ihnen unsicher entgegen. Dilara hat ihn die letzten Tage oft hier gesehen. Sie dachte, er besucht jemanden, doch als er nun auf sie zukommt, hebt er die Hand. »Dürfte ich kurz …?« Er sieht unsicher zu Latizia und ihr Vater hält den Rollstuhl an. »Es tut mir leid, ich möchte sie nicht stören. Ich bin nur so glücklich sie zu sehen, dass sie das Krankenhaus wieder verlassen dürfen.« Latizia sieht sie alle fragend an, doch niemand weiß, wer der Mann ist.

»Wer sind sie?« Der Mann hat bereits graue Haare. Er ist sehr dunkel, sicherlich wird er früher einmal hart im Freien gearbeitet haben und seine Falten um die Augen herum zeigen, dass er bereits viel Kummer und Sorgen hatte. »Ich habe sie gefunden, an dem Morgen. Meine Hunde waren es. Sie hören sehr gut, doch egal wie ich sie gerufen habe, sie wollten zu der Stelle, und da lag sie dann. Ich … es war so viel Blut da und ich bin sehr erleichtert, sie jetzt hier zu sehen. Ich und meine Frau haben jeden Tag für sie gebetet. Wir haben früher selbst eine Tochter verloren und haben gehofft, dass sie das nicht erleben müssen. Ich habe meiner Frau erzählt, wie kalt sie war, als ich sie gefunden habe und sie hat diese Decke angefangen zu nähen, damit sie nie wieder frieren muss. Sie ist gestern fertig geworden, aber es waren jeden Tag so viele Leute hier und ich wollte ja nicht stören und … na ja, es ist schön, sie so zu sehen.«

Nicht nur Latizia und ihre Mutter, auch Dilara hat Tränen in den Augen, als der Mann Latizia eine schöne rosafarbene Überdecke hinhält, die aus vielen kleinen zusammengesetzten Vierecken genäht ist. Latizia steht mit Hilfe ihres Vaters auf und nimmt den alten Mann in die Arme, was diesen sichtlich bewegt, danach gibt Paco ihm die Hand. »Sie haben meine Tochter gerettet, hätten sie sie nicht gefunden … Ich werde Ihnen das niemals genug danken können.« Der Mann lächelt verlegen. »Sie so zu sehen, ist schon Dank genug.« Latizia sieht sich gerührt die Decke an, während Paco darauf besteht zu erfahren, wo der Mann wohnt. Dilara weiß genau, dass es dem Mann von jetzt an nie wieder an etwas fehlen wird. Dankbar und glücklich umarmt Latizia ihn noch einmal. »Denken sie, wenn ich wieder etwas besser laufen kann, ist es möglich, dass ich mich persönlich bei Ihrer Frau für diese schöne Decke bedanken kann und vielleicht einmal mit den beiden Hunden spazieren gehen kann, die mich gefunden haben?« Der Mann nickt gerührt. »Wir würden uns sehr freuen.«

Miguel fährt den Mann noch nach Hause und Dilara weiß genau, dass sie ihn nicht das letzte Mal gesehen hat. Ihre Familie vergisst nicht, egal ob jemand ihnen etwas Gutes oder etwas Schlechtes angetan hat. Sie brauchen nicht lange vom Krankenhaus nach Hause, doch Latizia schläft sofort ein und schläft so ruhig und friedlich, dass Leandro sie ganz vorsichtig hoch in ihr Bett trägt. Bella bleibt bei ihr. Es ist das erste Mal, dass Latizia so ruhig schläft. Als sie anschließend zu sich hinübergeht, denkt sie, es könnte vielleicht wirklich sein, dass Latizia hier alles erzählt, hier, wo sie sich sicher fühlt.

Dilara sieht, dass Männer direkt vor ihrer Einfahrt stehen. Als sie in den Garten schaut, erkennt sie, dass überall um das Grundstück Wachen stehen. Das Gebiet wurde schon immer bewacht, doch es hat Paco schwer getroffen, dass Latizia so etwas zustoßen konnte. Und solange sie nicht wissen wer dahintersteckt, werden sie kein Risiko eingehen.

Es tut gut, wieder zuhause zu sein, Dilara will nur schnell duschen. Jennifer ist bei ihrer Mutter. Natürlich ist Jennifer auch sofort aus Schweden zusammen mit den Jungs gekommen, als sie das von Latizia erfahren hat. »Ist sie da?« Dilara nickt und beide gehen sofort hinüber. Auf dem Weg nach oben läuft sie fast in ihren Vater hinein. »Hey, guck mich mal an!« Dilara sieht ihm in die Augen und muss lächeln. Sie kann sich niemals vorstellen, dass ein anderer Mann ihr leiblicher Vater ist; sie liebt Rodriguez viel zu sehr.

»Dilara, du musst schlafen. Latizia ist jetzt wieder hier. Leg dich auch etwas hin, ok?« Sie nickt. Sie ist viel zu kaputt, um irgendwelche Diskussionen anzufangen, trotzdem will sie sich nach dem Duschen nur eine Minute auf dem Bett ausruhen und dann zu

Latizia, doch die letzte Woche zeigt ihre Wirkung. Es dauert nur wenige Sekunden und Dilara ist tief und fest eingeschlafen.

Sie schläft bis zum nächsten Vormittag. Sie weiß noch nicht, wann sie wieder zur Uni geht, momentan ist daran gar nicht zu denken. Sie springt aus dem Bett, zieht sich schnell einen Rock und ein Top an und geht hinüber zu Latizias Haus. Lando kommt ihr gleich entgegen. Er strahlt und ist sicher glücklich, dass nun alle wieder zuhause sind. Bellas Mutter ist da und bereitet Mittag vor, während Leandro und Sanchez im Garten sitzen. Dilara nimmt sich einen Apfel und geht nach oben, nachdem sie alle begrüßt hat, doch schon vor dem Zimmer kommt Bella ihr entgegen. Sie hat Sorgenfalten im Gesicht und grübelt nach.

»Wie geht es ihr? Ist alles in Ordnung?« Bella nickt und küsst Dilaras Wange. »Ja, die Ärztin war gerade da. Latizia hat sich in der Nacht gut erholt. Es war richtig, sie aus dem Krankenhaus zu holen. Sie soll so schnell wie möglich wieder in die Normalität zurückkehren, um alles besser zu verarbeiten. Meinst du, du kannst zur Uni fahren und ihr ein paar Unterlagen abholen? Die liegen im Sekretariat für sie bereit.« Dilara nickt. »Natürlich.« Sie hört ihren Vater und Paco im Zimmer. »Ich gehe gleich los. Hat sie jetzt endlich gesagt wer es war?«

Bella schüttelt den Kopf. »Ich verstehe es nicht. Sie meint, sie könne es nicht sagen, weil sonst etwas Schlimmes passiere. Sie will irgendjemanden schützen, Dilara, aber wen soll sie schützen, wenn sie doch diejenige war, die fast umgebracht wurde? Die Männer drehen bald durch, aber die Ärztin sagt, wir sollen ihr Zeit geben. Ich verstehe es einfach nicht. Wieso sagt sie es nicht? Wen sollte sie schützen wollen?«

Dilara zieht die Luft ein. Sie war selbst so mitgenommen, dass sie nicht einmal an die Tijuas gedacht hat. Niemals würde Adán Latizia so etwas antun. Doch im gleichen Moment, in dem Bella gesagt hat, dass Latizia jemanden schützen will, wusste sie, dass, wenn es stimmt, es nur Adán sein kann. »Das wird sich schon klären … Ich muss los, ich hole die Sachen von der Uni ab.« Sobald sie aus dem

Haus ist, holt sie das Telefon heraus und wählt die Nummer, die sie nie wieder wählen wollte. Musa hat sie die ganze Woche immer mal wieder versucht anzurufen, jetzt wählt sie seine Nummer. Egal was sie sich geschworen hat, sie spürt so etwas wie eine Erleichterung in dem Moment, wo er abnimmt.

»Sieh mal an, schafft es die Dame, sich auch mal zu melden. Womit habe ich diese Ehre verdient?« Dilara registriert sofort, dass er von ihrem Verhalten nach ihrem Kuss gekränkt ist, doch kann jetzt auf so etwas nicht eingehen. »Musa, ich muss dich sehen, jetzt! Es ist dringend!« Er zögert einen Augenblick. »Was ist los? Du hörst dich nicht gut an.« Dilara hat sich den Schlüssel von Latizias Wagen genommen und startet ihn. »Ich bin gleich an der Uni von Latizia in Sevilla, komm einfach dahin.« Sie legt auf und gibt Gas.

Als sie an der Uni ankommt, atmet sie tief ein. Es ist das erste Mal, dass sie allein unterwegs ist, seit die Sache mit Latizia passiert ist. Sie fühlt sich merkwürdig. Sie haben Leandros Auto hier gefunden, somit muss Latizia die Person hier getroffen haben, die ihr das angetan hat. Was ist, wenn sie falsch denkt? Vielleicht versucht sie niemanden zu schützen, vielleicht hat sie wirklich nur Angst und es ist jemand, den sie überhaupt nicht kennt, jemand aus der Uni, von dem Latizia ihr nie erzählt hat?

Sie weiß es einfach nicht. Sie klappt den Spiegel herunter und seufzt leise aus. Sie ist vollkommen ungeschminkt und man sieht ihr die wenigen Stunden Schlaf an, sieht, dass sie viel geweint hat. Sie öffnet ihre Haare, schaut auf ihre Flip Flops, ihren Rock und das einfache Top. Ihr ist anzusehen, was sie alle die letzten Tage durchgemacht haben.

Als sie aussteigt, geht sie schnell in die Uni, steuert direkt das Sekretariat an und lässt sich dort die Unterlagen geben. Die Sekretärin sieht sie mitleidig an und erkundigt sich nach Latizia. Als sie danach in den Flur geht, wird sie immer wieder aufgehalten. Natürlich kennen sie hier nicht viele, Latizia war noch nicht lange an der Uni, aber es hat sich herumgesprochen und alle wollen wissen was wirklich passiert ist. Den Klatsch aus erster Hand hören.

Dilara wimmelt alle ab. Tränen steigen in ihre Augen, als sie daran denkt, was Latizia gesagt hat. Es würde sich herumsprechen, dass Latizia überlebt habe und so sehr wie Latizia Angst hat, wird diese Person es vielleicht wirklich wieder probieren, wenn sie erfährt, dass Latizia noch lebt. Ihr Handy klingelt, doch Dilara läuft einfach nur schnell aus der Uni, weg von den Leuten, von den 'bist du nicht die Cousine von dieser Latizia?' hinaus in die grelle Sonne.

Musa steht an ihrem Auto und als sie ihn jetzt entdeckt, platzt ein Knoten in ihrer Brust. Bevor sie darüber nachdenkt, was sie da tut, geht sie zu ihm. Sein Gesichtsausdruck verändert sich, je näher sie kommt. Sie spürt, wie die ersten Tränen ihre Augen verlassen und ist unendlich dankbar, als Musa sie einfach nur in seine Arme nimmt und über ihren Rücken streichelt. »Was ist los, Dilara?« Sie kann nicht mehr, all das war zu viel die letzten Tage. Die Sorge um Latizia raubt ihr ihr den Verstand. Sie liebt ihre Cousine und sie könnte es nicht ertragen, sie zu verlieren. Als sie dachte, sie würde sterben, hat sie genau gespürt, wie kaputt sie das machen würde.

Es dauert eine Weile, bis Dilara soweit ist und sich etwas beruhigt hat. Musa bringt sie zu seinem Auto und öffnet die hinteren Türen, wo sie sich beide hineinsetzen, um besser reden zu können und nicht gesehen zu werden, da diese zum Glück abgetönt sind. Sobald sie sitzen, sprudelt alles aus Dilara hinaus. Es tut so gut, mit jemandem darüber zu reden, der nicht so involviert ist, der vielleicht alles aus einem anderen Blickwinkel betrachtet.

Sie erzählt von Sonntag vor einer Woche, wo Latizia gefunden wurde, dass selbst der Padre schon alles für einen Abschied von ihr vorbereitet hat, wie schlimm sie verletzt war und sie sieht, dass es Musa wirklich trifft, das zu hören. Sie erzählt von ihrem Kampf um Latizias Leben, wie sie sich ganz langsam beginnt zu erholen und wie ängstlich sie jetzt ist. »Wieso sagt sie ihrem Vater nicht, wer das war?« An seinen Worten erkennt Dilara, dass er genauso wenig versteht, wie sie selbst. »Ich weiß es nicht, Musa. Das Einzige ist, dass sie jemanden schützen will und das wiederum kann nur auf eine Person zutreffen.«

Musa zieht seinen Kopf zurück, gleichzeitig streicht er Tränen von Dilaras Wangen. »Was redest du da, Dilara? Adán liebt Latizia. Ich habe mitbekommen, wie er sie die letzten Tage immer wieder erfolglos probiert hat sie zu erreichen. Er hat keine Ahnung, dass ihr so etwas passiert ist und er wird sicherlich ausrasten, wenn er das erfährt. Er war oder ist stinksauer wegen allem, aber dass er sie liebt, ist trotzdem mehr als offensichtlich.« Dilara nickt. »Ich denke ja auch nicht, dass er es war, aber vielleicht kann sie nicht sagen, wer es war, um ihn zu schützen oder irgendwie so etwas ... ich weiß es doch auch nicht. Ich will nur, dass sie sicher ist. Weißt du, was für eine Qual es ist, sie so ängstlich zu sehen?«

Musa sieht Dilara in die Augen, sagt aber nichts. Es wirkt so, als würde er in seinem Kopf etwas abwägen. »Ich werde mit Adán reden. Ich kann mir nicht vorstellen, dass es etwas mit uns zu tun hat. Ich meine keiner, niemand würde irgendetwas hinter dem Rücken von Adán machen. Sie alle hören auf ihn, keiner würde ihn hintergehen, ich kann mir das nicht vorstellen.« Dilara zuckt die Schultern. »Es war auch nur eine Idee. Sie sagt es nicht, Musa. Wir bekommen nicht aus ihr heraus, wer es war und so kann sie auch niemand schützen. Ich habe das Gefühl, verrückt zu werden. Es ist alles so durcheinander. Danke, dass du gekommen bist.«

Musa lächelt mild. »Immer.« Dilara sieht ihm in die Augen und weiß, dass es stimmt. Ihr Gefühl sagt ihr, dass sie sich auf ihn verlassen kann. Sie fühlt sich zu ihm hingezogen, mehr als das. Als er sie auf der Party geküsst hat, war sie schockiert. Noch nie, niemals hat sie so starke Gefühle gespürt wie bei diesem Kuss. Das war auch der Grund, weshalb sie danach entsetzt aufgesprungen und gegangen ist.

Im Gegensatz zu den meisten Frauen, die sich eine romantische Liebesbeziehung wünschen, hat Dilara überhaupt kein Interesse daran. Sie will sich niemals wirklich verlieben und die Berührungen zwischen Musa und ihr fühlen sich langsam an wie zu heißes Feuer, an dem sie sich immer wieder verbrennen wird. Trotzdem kann sie nicht anders, als er ihr jetzt so nah ist. Sie fühlt sich leer, aber Musa ist für sie ein Versprechen auf Geborgenheit. Ihre Hand zittert, als sie seine Wange berührt, doch er hält ganz still. Es muss verletzend für ihn gewesen sein, als sie nach ihrem letzten Kuss einfach abgehauen ist. Dieses Mal bewegt er sich nicht, als sie näher zu ihm kommt und vorsichtig ihre Lippen vereint. Sie küsst ihn sanft. Als sie seinen Geschmack wieder spürt, keucht sie leise auf. Sie hat es richtig vermisst und dieses kleine Geräusch bringt dann Musas sture Haltung zum Schmelzen. Er erwidert nicht nur den Kuss sehnsüchtig, sondern zieht sie komplett auf seinen Schoß. Dilara sitzt auf ihm, er küsst sie so fordernd und zärtlich gleichzeitig, dass sich ihr Magen zusammenzieht. Als er unter ihr Top fährt und ihre Haut berührt, schmiegt sie sich ihm entgegen. »Komm nicht auf die Idee, wieder abzuhauen.«

Musa knurrt ihr diese Worte schon fast entgegen, als sie sich trennen und Dilara muss leise lachen, als er ihre Wangen und ihren Hals entlangfährt. Ihre Augen treffen sich, dann hält Musa ein. Er sieht ihr in die Augen, streichelt über ihre Wange und küsst dann ihre Stirn. Er sieht, wie erschöpft und müde sie ist. »Geh nach Hause, kümmere dich um deine Cousine. Ich fahre jetzt zu Adán, vielleicht weiß er etwas. Tu mir einen Gefallen, mein kleiner Sturkopf. Egal was ist, und wenn dir die kleinste Kleinigkeit auffällt, melde dich. Ruf mich an. Ich will nicht, dass dir auch noch etwas passiert, okay?«

Normalerweise würde Dilara ihm sofort widersprechen, doch sie ist zu erschöpft. »Okay.« Bevor sie allerdings sein Auto verlässt, dreht sie sich noch einmal zu ihm um. »Du weißt, dass ich mich nicht verlieben möchte, niemals!« Musa lächelt. »Ich weiß.«

Latizia setzt sich erschöpft auf einen Stuhl am Esstisch in der Küche, sie hat gerade die Untersuchung hinter sich und sollte sich bewegen. Die Dusche, der Gang die Treppen hinunter und in die Küche hat sie so fertig gemacht, dass sie jetzt schon verzweifelt zu der Treppe sieht, die sie gleich wieder hinauf muss. »Bleib erst mal sitzen und iss etwas Richtiges.« Ihre Mutter stellt ihr einen Teller mit Suppe hin. Leandro sitzt im Garten mit Miguel und telefoniert. Dilara ist drüben. Sie hat ihr Unterlagen aus der Uni geholt und sucht jetzt DVDs heraus, die sie sich gleich zusammen ansehen möchten.

Ihr Vater kommt gerade die Treppe herunter. Latizia beugt sich schnell über die Suppe und isst. Sie hat Angst vor einem neuen Verhör. Es tut ihr so leid, alles, was sie ihrer Familie für Sorgen und Kummer bereitet, dass sie ihnen keine Antworten geben kann. Doch sie weiß, dass, wenn sie sagt, dass Bara dahintersteckt, ihr Vater und ihre Onkels innerhalb weniger Minuten alle Tijuas auslöschen werden. Sie würden nicht auf sie hören. Sie würden Adán etwas antun und das kann sie nicht zulassen.

Sie weiß noch nicht, was sie tun wird, hier ist sie sicher, hier kommt niemand hin und sie wird ihr Gebiet nicht verlassen, bis ihr eine richtige Lösung eingefallen ist. Sie träumt jede Nacht von Bara, von ihrem kranken Gesichtsausdruck, von dem Geräusch und den Schmerzen, als Bara das Messer in sie gerammt hat. Sie war sich so sicher, dass sie tot ist, dass dies ihr Ende war. Als sie dann wieder zu sich kam im Krankenhaus, waren es nicht nur die Schmerzen, es waren vor allem die Tränen ihrer Mutter und auch die ihres Vaters, die ihr wehgetan haben.

Leandro hat sich tausendmal bei ihr entschuldigt, wie er in letzter Zeit zu ihr war und sie alle haben Latizia gezeigt, wie sehr sie sie lieben. Ihnen jetzt nicht die Wahrheit sagen zu können, tut ihr weh, doch sie muss sich erst überlegen, wie sie Adán schützen kann.

»Ich fahre einkaufen, muss ein paar Pakete abholen. Soll ich dir irgendetwas mitbringen?« Ihr Vater küsst sie. Latizia bindet sich ihre Haare zu einem unordentlichen Knoten. Dabei spürt sie, dass ihr Handgelenk noch immer verstaucht ist und seufzt leise auf. Ihr ganzer Körper tut noch immer weh. »Nein danke, ich habe alles.« In dem Moment klingelt sein Handy.

»Ja?«

»Wer?«

»Was wollen die Tijuas hier?« Latizia lässt den Löffel fallen. Ihr Vater blickt zu ihr, doch er redet weiter mit den Männern am Telefon.

»Was will dieser Adán von meiner Tochter? Woher kennt er sie? Lass sie rein, sofort!«

Ihr Vater wirft ihr einen strengen Blick zu, in diesem Augenblick kommt Leandro mit Miguel herein. »Ich habe gerade einen Anruf bekommen, Adán und noch einer wollen zu uns. Er muss mit Latizia sprechen. Was ist hier los?« Latizias Vater zieht seine Waffe aus dem Hosenbund und lädt sie durch. »Das werden wir herausfinden, kommt!«

Latizia springt auf und keucht vor Schmerzen auf, ihre Mutter, die all das beobachtet hat, eilt zu ihr. Ihre Gedanken spielen verrückt. Wieso kommt Adán hierher? Ist er wahnsinnig geworden? »Latizia, was ist los?« Sie blickt zu ihrer Mutter und geht so schnell sie kann den Männern hinterher. Sie ignoriert ihre Schmerzen und sieht flehend zu ihrer Mutter. »Mama, ich brauche jetzt deine Hilfe, dringend. Bitte, du musst mir unbedingt helfen.«

Kapitel 12

Latizia hat Panik, als sie sich mühevoll aus der Haustür quält. Sie sieht Adán noch nicht. Ihr Vater steht etwas weiter unten und Rodriguez tritt gerade zu ihm, als sie Adáns Auto vorfahren sieht. Sie ist wie gelähmt, als sie auf das Auto schaut, in dem sie fast den Tod gefunden hat. Ihre Mutter tritt neben sie und stützt sie, Leandro stellt sich zu ihnen. »Ihr solltet ins Haus gehen.« Latizia denkt nicht daran. »Latizia, wobei soll ich dir helfen? Was ist mit diesem Mann?« Sie kann nicht antworten, sich nicht mehr bewegen. Sie starrt auf das Auto und wie Adán daraus steigt und sie kann nicht mehr an sich halten.

Sie fängt an zu weinen und kann nicht mal sagen, ob es aus Panik ist, weil jetzt alles herauskommt. Aus Angst, dass einer aus ihrer Familie Rache an Adán nimmt, aus dem tiefen Gefühl, das in ihr wächst, als sie jetzt auf Adán sieht, wie er alleine mit Musa aus dem Auto steigt, ohne auch nur den Hauch von Angst oder Zweifel ihrem Vater ins Gesicht sieht, oder weil sie sich am liebsten einfach in seine Arme werfen würde, die Augen schließen und alles, was die letzten Wochen passiert ist, ungeschehen machen lassen.

»Was sucht ihr hier? Wie kommst du auch nur auf den Gedanken, hierher zu kommen und nach meiner Tochter zu fragen? Hast du irgendetwas mit dem zu tun, was ihr passiert ist?« Latizia schluckt schwer. Ihr Vater ist außer sich vor Wut. Wahrscheinlich ist er froh, endlich jemanden vor sich zu haben, an dem er sich rächen kann, doch er hat die falsche Person vor sich. Sie sieht aus dem Augenwinkel, dass auch Dilara zu ihnen kommt.

Es ist totenstill. Adán trägt eine hellblaue Jeans und ein weißes Shirt, mehr nicht. Man sieht, dass es Adán schwerfällt sich zurückzuhalten. Er hält eine Waffe in der Hand und schmeißt sie vor ihrem Vater auf den Boden. »Ich bin nicht hier, um einen Krieg anzufangen. Ich muss mit Latizia reden. Ich würde ihr niemals etwas antun. Wenn ihr mich nicht mit ihr reden lasst, werdet ihr nie erfahren, wer ihr das angetan hat und sie wird nicht sicher sein. Mir ist es egal, was mit euch oder mit mir passiert, aber nicht was mit Latizia ist.«

Latizia schluckt schwer, als er diese Worte ausspricht und sie sieht, dass nicht nur ihr Vater, sondern alle Männer, die um sie herum stehen, langsam begreifen, warum Adán gekommen ist. Latizia kann nicht fassen, dass er ohne mit der Wimper zu zucken herkommt und so frei vor allen spricht. Wie es scheint, hat sie seine Gefühle wirklich falsch eingeschätzt. Ihre Mutter neben ihr sieht von Adán zu ihrer Tochter und zurück.

»Wieso sollte sie es dir sagen? Denkst du, wir versuchen nicht die ganze Zeit es herauszufinden? Woher kennt ihr euch überhaupt? Für wen …« Adán unterbricht ihren Vater. »Weil sie denkt, dass sie mich schützen muss und nicht sieht, in was für eine Gefahr sie sich selbst damit bringt, zumindest vermute ich das.« Das allererste Mal blickt Adán zu Latizia, die sich die Hand vor den Mund hält, um nicht laut loszuweinen, als seine dunklen Augen sie fassungslos anstarren.

Ohne auf irgendwen noch zu achten, kommt er auf sie zu. Ihr Vater will ihn aufhalten, doch ihre Mutter hebt die Hand. »Lasst ihn! Ihr habt alle gesehen und gehört, dass er ihr nichts tun will. Hört euch erst einmal an, was er zu sagen hat.« Er wird sicherlich schon gehört haben, wie schwer sie verletzt wurde, doch als er jetzt zu ihr kommt, sieht sie seinen ungläubigen Blick, sieht Wut in seinen Augen und gleichzeitig auch eine Sanftheit, die so gar nicht zu allem anderen passt.

Als würden nicht gerade alle um sie herumstehen und jeden ihrer Schritte beobachten, tritt Adán sehr eng an sie heran. Er streicht ihr die Haare nach hinten, sieht in ihr Gesicht und erkennt die vielen Verbände unter ihrer Kleidung. Er bebt vor Wut. »Wer war das, Latizia?« Sie sieht ihm in die Augen und spürt noch immer ihre starken Gefühle für ihn, auch nach allem was zwischen ihnen passiert ist. Latizia schüttelt den Kopf. Sie kann nicht sprechen, ihre Tränen ersticken sie.

Ihr Vater und Rodriguez bauen sich neben Adán auf. Sie spürt ihren Bruder und ihre Cousins hinter sich. »Latizia, wieso solltest du die Person schützen, die dir das angetan hat. Der einzige Grund wäre, dass du jemanden schützen willst. Das brauchst du nicht, denk jetzt nur an deine Sicherheit und sage mir, wer das war!« Adán bebt wirklich vor Wut, doch trotzdem ist er nicht grob zu ihr.

»Ich kann es nicht sagen. Wenn ich es sage, bricht ein Krieg aus und …« Adán schüttelt den Kopf. »Wird es nicht, guck doch. Ich bin hier, wir alle hören dir zu, wenn es jemand von meinen Leuten war, musst du mir das sagen. Er hat gegen mich gehandelt und ich werde mich darum kümmern. Es wird kein Krieg ausbrechen, deine Familia wird sich nicht mit meiner Familia bekriegen!« Latizia sieht zu ihrem Vater, doch der sträubt sich, also nickt Rodriguez. »Wir werden herausfinden, wer alles damit unter einer Decke steckt und es werden nur die Personen zur Rechenschaft gezogen, die etwas damit zu tun hatten.« Latizia sieht sich um, ihre Mutter legt den Arm um sie und küsst ihre Wange.

»Engel, sag es endlich, lass es raus. Es wird dir so viel besser gehen, wenn du keine Angst mehr haben musst.« Latizia sieht zu ihrem Vater. »Papa, versprich mir, dass ihr nicht alle dafür verantwortlich macht.« Ihr Vater nickt, sie sieht, wie schwer ihm das allerdings fällt und Latizia wendet sich wieder zu Adán. »Es war Bara! Sie hat mich zu sich gelockt und wollte mich beseitigen …« Latizia würde es noch genauer erklären, doch schon als sie den Namen gesagt hat, hat sich Adán wütend umgedreht.

Alle wollen ihm folgen, doch Latizia sieht ihre Mutter flehend an und diese ruft ihren Vater zurück. »Lasst die Jungs mitgehen, ihr seid zu aufgebracht, um klar denken zu können. Ihr habt es versprochen.« Rodriguez atmet durch und nickt zu Miguel und den anderen, die schon ihre Waffen herausholen. Auch ihr Vater hält an, wenn auch widerwillig, lässt er ihren Bruder die Rache für sie nehmen.

Als Leandro an ihr vorbei will, stoppt sie ihren Bruder. »Ich werde euch alles genau erklären, aber bitte Leandro, ich liebe ihn … Adán und ich sind nicht zusammen, aber ihm darf nichts passieren … Er hat mit all dem nichts zu tun. Bitte tue dem Mann den ich liebe nichts an.« Sie weiß, dass sie ihn schon fast anfleht. Nur ihr Bruder hat sie gehört. Er sieht ihr in die Augen, doch dann nickt er, bevor er mit Damian, Miguel, Sanchez und Kasim zu zwei Autos geht. Adán ist bei Musa und seiner Waffe angekommen. Er hebt sie auf, steigt in sein Auto und sie rasen davon, ihre Cousins und ihr Bruder hinterher.

Ihre Mutter und ihr Vater drehen sich jetzt zu ihr um. »Ich habe mein Versprechen gehalten, dein Bruder kümmert sich darum, jetzt bist du dran, uns so einiges zu erklären!«

Latizia weiß nicht, wo sie anfangen und wo sie enden soll. Sie hat aber nicht vor, irgendetwas weiter zu verheimlichen und deshalb erzählt sie alles. Sie setzen sich in den Garten. Latizia beginnt zu erzählen, davon, wie sie Adán das erste Mal gesehen hat, als er ihre Mutter gerettet hat, wie sie zum Tierheim gefahren sind, auf Musa und Adán getroffen sind und verschwiegen haben, wer sie sind.

Ihr Vater lehnt sich zurück und reibt sich die Augen, während ihre Mutter ihr mit Tränen in den Augen zuhört. Latizia erzählt wie sie sich wiedergesehen haben, noch einmal auf dem Tijuas-Gebiet, einmal in Sevilla und schließlich, wie sie an seinem Geburtstag den ganzen Abend bei ihm verbracht hat. Natürlich geht sie nicht in die Details, doch je mehr sie sich an diese Zeit erinnert, umso mehr vermisst sie diese Nähe zu ihm wieder. Ihre Mutter lächelt sie aufmunternd an. Sie erzählt ihnen auch wer Adán ist, was mit seiner Familie passiert ist und wie er die Tijuas gegründet hat. »Ich wusste, dass ich es beenden musste, dass es gar nicht erst hätte stattfinden dürfen, aber auch wenn unsere Familias verfeindet sind, er ist ein sehr guter Mann.

Papa, hörst du? Er war jede einzelne Sekunde gut zu mir. Er ist danach weggefahren, weil er Geschäfte zu erledigen hatte, und ist mit Luna wiedergekommen.« Ihr Vater sieht zu der Katze, die gerade noch bei ihnen umhergeschlichen ist. »Ich habe hier eine Tijuas-Katze in meinem Haus?« Latizia legt den Kopf schief. »Es ist nur eine Katze, Papa, auf jeden Fall habe ich da … Ich wusste, dass es nicht geht und habe ihm gesagt, dass wir uns nicht mehr sehen können. Er hat es nicht verstanden, er wusste ja nicht wer ich bin. Ich war einfach zu feige es ihm zu sagen.«

Ihre Mutter schüttelt den Kopf. »Ist es dir denn nicht schwer gefallen, ihn einfach so zu verlassen, ohne dass er etwas gemacht hat?« Ihr Vater sieht sie sauer von der Seite an. »Würdest du ihr nicht einreden, dass sie sich mit einen Tijuas abgeben soll?« Latizia nickt. »Es war sehr schwer für mich. Es ist bis heute noch schwer für mich. Er ist der erste Mann, der mir überhaupt jemals etwas bedeutet hat. Das Schlimmste war, dass er kurze Zeit später alles herausbekommen hat. Erinnert ihr euch daran, wie sie mit Ciro aufgetaucht sind? Da hat Adán gesehen, wer ich bin und zu wem ich gehöre.«

Ihr Vater lacht bitter auf. »Ich wusste, dass etwas nicht stimmt, als ich diese Blicke gesehen habe, aber dass er dich nicht vor allen verraten hat, zeigt, dass du ihm wirklich nicht egal bist.« Latizia erzählt noch von den Feiern, wie sie Bara getroffen haben, wie sie Adán wiedergesehen hat und letzlich von der Nacht, als sie dachte, er würde sie kontaktieren und es war Bara. »Wir sind nicht zusammen. Es ist vorbei, trotzdem möchte ich nicht, dass ihm etwas passiert, weil er ein sehr guter Mensch ist, auch wenn du das nicht glauben willst. Es tut mir leid, Papa, dass du von all dem nicht früher erfahren hast, ich weiß, dass es ein Fehler war.« Sie will ihrer Mutter etwas sagen, doch sie ist schneller.

»Es tut mir so leid, dass du das Gleiche mitmachen musst wie ich damals. Ich hätte das niemandem gewünscht, vor allem nicht meiner eigenen Tochter.« Ihre Mutter setzt sich zu ihr und küsst ihre Wange. »Was redest du da, Bella? Das zwischen uns war etwas ganz anderes als das jetzt hier.« Es ist selten, dass ihre Mutter noch wütend wird, früher soll sie sehr temperamentvoll gewesen sein, doch sie ist mit der Zeit ruhiger geworden. Doch jetzt funkelt sie ihren Ehemann mit wütenden grünen Augen an.

»Wirklich nicht? Ich habe dich damals auch geliebt und musste auf dich verzichten, weil wir aus verschiedenen Familias kamen. Es hat uns beide damals gequält und wir hatten einen harten Kampf. Das Gleiche macht jetzt unsere Tochter durch und ich stehe voll und ganz hinter ihr, egal was noch passieren wird.«

Paco steht auf. »Der Unterschied aber, Bella, ist, dass ich dich mehr alles andere auf der Welt geliebt habe, immer noch liebe und ich alles für dich getan hätte. Niemals hätte ich zugelassen, dass dir etwas passiert.« Ihre Mutter verschränkt die Arme. »Aber mir ist etwas passiert genau wie Latizia, doch dafür kann Adán nichts. Er hat mich und Sara gerettet und deine Tochter liebt ihn. Für mich hat er damit schon einiges erfüllt, was ich mir für meine Tochter wünsche und es interessiert mich nicht, welche Plaka jemand trägt.«

Paco seufzt leise auf. »Jetzt fängt das schon wieder an.« Ihre Mutter tritt näher zu ihrem Vater. »Und du weißt nichts über die Gefühle, die Adán für sie hat. All das hätte ihm auch egal sein können, doch er ist hierher gekommen, als er erfahren hat was passiert ist, egal was ihm hier alles hätte passieren können. Er ist hergekommen, Paco und er hat sich dir, Leandro, allen gestellt, für Latizia. Mir kam es keine Sekunde so vor, als wäre unsere Tochter ihm egal.«

Ihr Vater sieht sie beide an, bevor er sich abwendet. »Ich akzeptiere niemanden, der nicht bereit ist für meine Tochter alles zu geben und der sie nicht zu 100% liebt und ehrt und jemanden der auf sie aufpassen kann, alles andere ist mir egal! Ich werde nicht zulassen, dass Latizia mit irgendjemandem zusammen ist, der sich nicht um sie kümmern kann.«

Er geht. Latizia will noch etwas sagen, doch ihre Mutter deutet ihr, ihn gehen zu lassen. »Lass ihn, er muss sich erst wieder etwas beruhigen.« Sie hört auf ihre Mutter, nimmt sich eine Decke und setzt sich auf die Hollywoodschaukel, die ihre Mutter vor ihrem

Haus hat aufstellen lassen. Es ist heiß und doch ist Latizia eiskalt. Sie sieht zu ihrer Einfahrt, irgendwann kommt Dilara zu ihr. Ohne ein Wort zu sagen, reicht sie ihr ein Glas Limonade, schlüpft zu ihr unter die Decke und legt ihren Kopf auf Latizias Schulter.

»Du liebst ihn, nicht wahr?« Latizia nickt und deutet mit dem Kopf zu Rodriguez und ihrem Vater, die aus dem Haus der Jungs kommen. »Was ist mit Musa?« Dilara schüttelt den Kopf. »Ich will das alles nicht, du siehst doch, dass nichts Gutes dabei herauskommt, wenn man sein Herz verliert.« Latizia spürt wie sie zusammenzuckt, dann sieht sie zu ihrer Cousine und redet das erste Mal richtig über ihre Gefühle. »Ich habe Angst, dass ich nie wieder die Alte werde, dass diese Wunden zu tief sind. Ich habe gerade das Gefühl, dass ich mich selbst nicht mehr erkenne.«

»Du bist vor einer Woche fast gestorben, Latizia. Das braucht Zeit, aber du wirst wieder die Alte, dafür sorge ich schon.« Ihre Väter kommen bei ihnen an. »Wofür sorgst du?« Dilara lächelt die Beiden an. »Dass Latizia wieder die Alte wird!« Ihr Vater will etwas sagen, da fahren die Autos von Leandro und Sanchez vor. Sie kommen zurück. Sie waren gerade mal knapp zwei Stunden weg. Als sie jetzt aussteigen, sieht man ihnen nicht an, wie es gelaufen ist. Latizia steht auf und sieht ihnen ungeduldig entgegen.

Ihr Bruder tritt als erstes an sie heran und nimmt sie in die Arme, als er sieht, dass sie Tränen in den Augen hat. »Es ist endgültig vorbei. Sie ist tot und noch eine weitere, die all das mitgeplant hat. Ich wollte das selbst erledigen, doch noch bevor ich herauskriegen konnte, wer Bara ist, hat Adán sich schon darum gekümmert.« Ihr Vater zieht die Augenbrauen hoch. Leandro lässt seinen Arm um seine Schwester, doch sieht seinen Vater an.

»Ich denke auch, es ist besser so. Er hat mehr als klar gemacht, dass niemand von seiner Familia Latizia anzufassen hat. Er musste das allein machen, damit sie kapieren, dass er es ernst meint. Nachdem Bara beseitigt war, hat eine ihrer Freundinnen gestanden, alles zusammen mit ihr geplant zu haben. Sie hat erzählt wie sauer sie war, weil Adán zugegeben hat, dass er Latizia liebt und sie alle abgewiesen hat. Sie hat beschrieben, wie sie sein Handy geklaut und Kontakt zu dir aufgenommen haben. Sie haben ihm sogar ein Schlafmittel verabreicht, damit er nicht merkt, dass sie sein Auto nehmen.

Adán hat da noch einiges zu klären. Er wird das Auto verbrennen, in dem sie dich … als wir die Bezüge abgenommen hatten, die neu gemacht wurden, hat man darunter noch das viele Blut gesehen. Wenn er dich, wie alle sagen, wirklich liebt, wird es für ihn schwer zu verdauen sein, dass er die ganze Zeit in dem Auto gefahren ist. Das Auto ist weg, Bara ist weg … wir sind dann gegangen, haben aber noch einmal klar gemacht, dass, sollten wir herausfinden, dass noch einer etwas mit der Sache zu tun hat, wir wieder da sind.«

Latizia lächelt, sie spürt eine Erleichterung, dass Bara ihr nichts mehr anhaben kann, doch sie fühlt keine unbändige Freude wie sie es erwartet hätte, auch die anderen sehen etwas betreten aus. »Wisst ihr, was ich wirklich gemerkt habe, die letzten Monate? Egal wie man sich rächt, es gibt einem nie das befriedigende Gefühl, was man sich erwartet.« Miguel fasst all ihre Gedanken zusammen und küsst Latizias Stirn. Ihr Cousin hat sich erholt, nicht nur innerlich, auch äußerlich ist er fast schon wieder der Alte. Seine Mutter muss ihn in Schweden ganz schön verwöhnt haben.

»Das Wichtigste ist, dass wir dich nicht verloren haben!«

Langsam verteilen sich alle, Dilara geht mit ihrem Vater und Damian zu sich, verspricht aber, dass sie später mit den DVDs vorbeikommt. Leandro bleibt bei ihr, als ihr Vater ins Haus geht. »Danke, dass du alle anderen verschont hast.« Ihr Bruder sieht zu Boden. »Ich muss zugeben, dass es mir sehr schwergefallen ist, als ich die gesehen habe, die dafür verantwortlich waren, aber ich habe an deine Worte gedacht und ich hoffe für Adán, dass er genau solche Gefühle für dich hat …« Latizia unterbricht ihn.

»Wir sind nicht zusammen, Leandro, so ist das nicht …« Er zuckt die Schultern. »Wärst du ihm egal, wäre er nicht hierhergekommen. Die Zeit wird zeigen, wie ernst er es meint, doch es ist besser für ihn, dass er es todernst meint oder dass er sich von dir fernhält.« Latizia lächelt. »Das hätte ich auch mal zu Dania sagen sollen.« Leandro versteht ihren Wink und lacht. »Die wartet schon auf mich. Ich muss sie abholen, brauchst du irgendetwas?« Latizia schüttelt den Kopf, sie steht schon zu lange und spürt die Schmerzen wieder.

Ihr Vater kommt aus dem Haus, als Leandro gerade wieder losfährt. Er trägt nur eine graue Jogginghose und ein T-Shirt, hat aber seine Autoschlüssel in der Hand. »Wohin?« Er hat sie, seit sie aufgewacht ist im Krankenhaus, kaum alleine gelassen. »Das Essen dauert noch und ich wollte kurz zum Friedhof.« Er sieht sie fragend an. »Ich würde so gerne mitkommen, Onkel Ramon fragt sich sicher schon, wieso ich ihn so lange nicht besuchen war.« Ihr Vater lächelt. »Aber ich habe zu starke Schmerzen beim Laufen.« Für ihren Vater ist das kein Hindernis. Latizia lacht, als ihr Vater sie auf den Arm nimmt, als wäre sie wieder sechs und ein Fliegengewicht. »Los, dein Onkel Ramon wartet schon!«

In dieser Nacht schläft Latizia trotz des Wissens, dass sie nun nicht mehr in Gefahr ist, nicht gut. 1000 Dinge gehen ihr durch den Kopf, ihre Wunden schmerzen stärker, sicherlich weil sie sich doch mehr bewegt hat als sie sollte. Am nächsten Morgen, als sie langsam ins Bad geht, sieht man ihr an, dass sie immer noch nicht fit ist. Latizia bindet sich einen hohen Zopf und lässt Wasser in die Badewanne laufen. Ihre Mutter klopft und fragt, ob sie Hilfe braucht, doch sie möchte es alleine probieren. Sie setzt sich an den Rand und wäscht sich. Es ist umständlich, da sie ihre Verbände nicht nassmachen darf, doch es fühlt sich gut an, das warme Wasser auf ihrer Haut zu spüren.

Während sie sich einseift und sich dann mit einem Waschlappen wieder abspült, bildet sich automatisch eine Gänsehaut auf ihrem

Körper und Latizia muss an die Zeit mit Adán an seinem See denken. Das laute Auflachen von Lando holt sie schnell wieder in die Realität zurück und sie trocknet sich ab. Sie schminkt sich nicht. Da sie sich vorher auch nicht viel geschminkt hat, müsste sie aussehen wie immer, aber das tut sie nicht. Latizia fährt mit den Finger über ihr Gesicht im Spiegel. Sie ist blasser als sonst, ihre Augen haben noch immer dunkle Ränder, ein Auge ist noch immer blau verfärbt. Nicht mehr so schlimm, aber noch sind die Spuren dieser Nacht nicht weg.

Latizia zieht sich eine Jogginghose und ein Top über. Wozu sollte sie die Wunden länger verstecken, die eh alle kennen?

Sie geht langsam in die Küche, nimmt sich ein Croissant vom Tisch und will gerade in den Garten, wo ihre Mutter mit Lando sitzt, als ihr Vater von oben kommt. »Morgen, wieso bist du schon so früh wach? Du solltest dich noch ausruhen.« Latizia kommt nicht dazu zu antworten, denn sein Handy klingelt. Latizias Magen rumort unruhig, als er seine Augenbrauen zusammenzieht und »schon wieder?« murmelt. Er legt auf und sieht zur Haustür. »Es scheint so, als würde es Adán hier gefallen.« Latizias Herz schlägt schneller und sie geht ans Fenster. Er kommt noch einmal?

Ihre Mutter kommt nun auch ins Haus. »Man hat gesehen, dass es ihn getroffen hat, Latizia gestern so zu sehen. Ich habe mir schon gedacht, dass er noch einmal herkommen wird, um nach ihr zu sehen.« Ihr Vater sieht zu seiner Frau. »Ach hast du das?« Ihre Mutter stellt sich vor ihn hin.

»Hör zu, ich weiß, dass du dir Sorgen um Latizia machst und das zu Recht, doch alles, was ich bisher gesehen habe, ist, ein Mann der mich und Sara gerettet hat und der sich ohne mit der Wimper zu zucken gegen seine Familia hinter Latizia gestellt hat. Wenn er hierherkommt und Latizia ihn auch sehen will, haben wir kein Recht da reinzureden. Also mach es ihm nicht so schwer, genau du solltest wissen, wie es sich anfühlt, oder hast du dich damals etwa wohlgefühlt, als du wegen mir ins Punto-Gebiet musstest?«

Latizia lässt das ihre Eltern unter sich ausmachen und beobachtet, wie Adán die Einfahrt hochgelaufen kommt. Sie erinnert sich, dass er ja gestern sein Auto verbrannt hat. Er trägt eine Sportshorts, die bis zu den Knien geht und ein schwarzes T-Shirt. Er sieht unbeeindruckt zu ihrem Haus und sie schüttelt leicht den Kopf. Es ist, als würde es ihn nicht einmal interessieren, dass hier die mächtigsten Männer Puerto Ricos wohnen und einer davon ihr Vater ist. »Vergleich die Beiden nicht immer mit uns!« Bella geht zur Tür mit Lando auf dem Arm. »Wolltest du nicht meinen Bruder treffen?« Ihr Vater verschränkt die Arme vor der Brust. »Der kann auch herkommen. Wir regeln das hier!« Latizia sieht, wie ihre Mutter ihren Vater mahnend ansieht und dann die Tür öffnet.

»Hallo Adán.« Sie deutet ihm an einzutreten und er lächelt Lando auf ihrem Arm an. Ihr Vater nickt leicht in seine Richtung. »Ich wollte noch einmal kurz zu Latizia.« Ihre Mutter deutet in ihre Richtung. Bisher hat er sie nicht gesehen. »Im Garten steht auf dem Tisch Frühstück.« Im selben Moment verlässt sie den Eingangsbereich in Richtung Wohnzimmer. Ihr Vater sieht kurz zwischen Latizia und Adán hin und her und geht ihr dann hinterher. »Wenn was ist, ruf einfach.«

Latizia sieht weiter auf Adán, der sie ebenfalls betrachtet. Er kommt näher und mustert genau ihr Gesicht. »Es tut mir leid, dass ich gestern einfach so gegangen bin. Ich musste das aber regeln, und habe danach kaum schlafen können, weil ich noch einmal mit dir reden wollte, doch ich glaube, wenn ich gestern Nacht hergekommen wäre, hätte dein Vater mich nicht nur mit Blicken getötet wie gerade.«

Latizia geht vor in Richtung Garten. Sie weiß, dass jedes Wort mitgehört wird, solange sie im Haus sind »Es tut mir leid, wie er zu dir ist. Er macht sich sehr große Sorgen wegen mir.« Adán kommt ihr hinterher. »Nein, ich verstehe das. Er hat dich letzte Woche fast verloren. Außerdem denke ich, dass er mir auch ohne diesen Zwischenfall das Leben schwer gemacht hätte als Anführer der Tijuas.« Latizia bleibt kurz stehen und atmet tief ein. Wenn sie sich zu viel bewegt, tut es einfach noch zu sehr weh. »Das stimmt, hätte er vermutlich.« Adán tritt zu ihr. »Geht es?« Seine Stimme verändert sich. Sie stehen jetzt am Tisch in der Ecke und Latizia weiß, hier kann sie niemand sehen, der Tisch ist gedeckt für das Frühstück. Erst will sie nicken, doch dann schüttelt sie den Kopf. »Es tut noch sehr weh.« Keine Lügen mehr!

Adán stellt sich genau vor sie und greift nach ihrem Top, das er etwas nach oben schiebt. »Wo genau bist du alles verletzt?« Latizia sieht auf seine Hand, die über den Verband streicht, es ist alles so vertraut, sein Geruch, seine Präsenz, die Augen, die auf ihr ruhen. Sie zeigt ihm, wo das Messer sie getroffen hat.

Er schließt einen Augenblick die Augen, als er sie dann wieder öffnet, sieht er sie an. »Es tut mir so leid, Latizia. Ich wusste nicht einmal, dass all das passiert ist, sonst wäre ich schon längst gekommen …« Latizia unterbricht ihn. »Du kannst nichts dafür, Adán.« Er lacht bitter auf und setzt sich ebenfalls, nachdem Latizia Platz genommen hat. »Wäre ich nicht, wäre dir das nie passiert. Ich wollte dich provozieren und habe nicht einmal gemerkt, dass ich damit andere provoziert habe.« Latizia gießt sich Orangensaft ein und bietet ihm auch etwas an.

»So darfst du nicht denken. Dann könnte man auch sagen, dass ich Schuld bin, denn ohne meine Lügen wäre all das nicht so weit gekommen.« Adán sieht ihr in die Augen. »Es ist viel falsch gelaufen zwischen uns.« Sein Handy klingelt. »Musa wartet in der Einfahrt auf mich, ich muss mein neues Auto abholen.« Latizia steht auf. »Meinst du, dein Vater wird mich später noch einmal zu dir lassen?«

Das erste Mal seit Langem sieht Latizia Adán wieder frech grinsen und ihr Herz schlägt schneller. In dem Moment wird ihr bewusst, wie sehr sie ihn vermisst hat. Einen Augenblick bildet sie sich ein, das auch in seinem Blick zu erkennen. »Wirst du wiederkommen?« Adán nimmt ihre Hand in seine. Sie sieht auf ihre verschlungenen Finger, bis Adán mit seiner Hand ihr Kinn anhebt, sodass sie ihn ansehen kann. »Wenn du es willst, Latizia, komme ich wieder, egal was die anderen sagen, egal was mich hier erwartet.« Latizia nickt und lächelt, dann zieht er sie vorsichtig in seine Arme und sie kann das erste Mal seit langer Zeit wieder richtig durchatmen.

Latizia vergräbt ihre Nase an der Stelle, wo sie weiß, dass unter dem T-Shirt sein Tattoo ist. 'Ich werde nie vergessen'. Sie schließt die Augen, als sie spürt, wie Adán sie mit seinen Armen komplett umfasst und sie an sich hält. Sie hat auch nicht vergessen. Latizia spürt seine Lippen auf ihrem Scheitel. »Du hast mir gefehlt, Prinzessin.« Latizia lächelt an seiner Brust, ihr steigen Tränen in die Augen. »Du mir auch, sehr sogar.« Sein Handy klingelt noch einmal und Latizia blickt ihn an. »Es tut mir leid, wie all das gekommen ist, aber jetzt bin ich da, ok?« Latizia nickt, Adán sieht sich um, dann gibt er ihr einen Kuss auf die Stirn. »Bis später!«

Als Adán das Haus verlässt, fühlt er sich schon etwas besser, da er kurz mit ihr reden konnte. Sie hat keine Vorstellungen davon, was es in ihm ausgelöst hat, als er gehört hat, sie wäre fast gestorben. Natürlich war er stinksauer, doch er hat sie jede Sekunde vermisst und hatte nie vor, ganz auf sie zu verzichten. Die Gefühle, die all das in ihm auslösen, kennt er nicht, es verunsichert ihn. Noch nie hatte er Angst vor irgendjemandem oder irgendetwas, doch die Gefühle, die er für Latizia empfindet, machen ihm wirklich Angst.

Er übertreibt nicht, sie seine Prinzessin zu nennen. Als er durch den Flur aus dem Haus geht, sieht er in jeder Ecke reinen Luxus. Er wird ihr so etwas nie bieten können, aber nicht nur das ist sein Problem, das nächste steht neben zwei Autos und sieht mit anderen Männern zwischen ihm und Musa hin und her.

Latizias Vater wirkt noch sehr jung, und dass er tödlich ist, ist nicht nur ein Gerücht, man sieht es ihm und jedem der Männer, die her gerade versammelt sind, an. Adán erkennt den Anführer der Puntos, Juan und drei weitere, er hat sie schon mal gesehen und auch von ihnen gehört. Es müssten Miko, Tito und Raul sein, alles Onkels von Latizia und jeder von ihnen mustert ihn genau.

»Adán, dein Besuch bei meiner Tochter, war ja kurz. Hat sie dich wieder weggeschickt?« Paco verschränkt zufrieden die Arme vor der Brust. »Nein, ich muss mich um ein neues Auto kümmern und einigen Geschäften nachgehen. Latizia hat gesagt, dass ich sie danach besuchen darf.« Der Anführer der Puntos lacht laut auf. »Ich mag den Jungen. Tu das ruhig, Adán. Geschieht dir ganz recht, Paco. Ich wusste damals, als du mir wegen meiner Schwester auf den Sack gegangen bist, dass du es irgendwann zurückbekommen wirst.« Latizias Vater sieht kopfschüttelnd zu dem Mann, der offensichtlich sein Schwager ist. »Du findest es also richtig, dass sich deine Lieblingsnichte mit einem Tijuas abgibt.« Musa, der gerade einsteigen will, stoppt kurz.

»Er hat Eier in der Hose, sonst wäre er nicht hier und solange sie glücklich ist … Genauso war es doch auch bei Bella. Du warst mein gottverdammter Todfeind und ich musste damit leben, für das Glück meiner Schwester. Und meine Schwester ist, so viel ich weiß, einverstanden, dass er sie besucht.« Paco wirft seinem Schwager einen Schlüssel zu. »Ihr Puntos habt sie ja auch nicht mehr alle!« Adán nickt den Männern zu, er sieht, wie sich Latizias Vater ärgert und sein Schwager amüsiert, doch es könnte schlimmer laufen. Keiner von ihnen sagt ihm, dass er nicht mehr kommen soll, vielleicht akzeptieren sie es noch nicht, aber zumindest tolerieren sie es momentan.

»Bis später!« Adán steigt ein und fährt unter dem wachsamen Blick von Latizias Vater vom Grundstück der Les Surenas.

Kapitel 13

»Darf ich jetzt?« Sanchez lacht leise und gießt ihnen Champagner ein. »Noch nicht, warte!« Celestine steht unsicher auf der Terrasse, ihre Augen sind verbunden. »Ich rieche das Meer.« Sanchez hört ihr Lächeln und geht zu ihr. Er gibt ihr ein Glas Champagner in die Hand und stellt sich hinter sie. Als er dann vorsichtig ihre Augenbinde abmacht, weiß er genau, was sie zu sehen bekommt. Er hört ihr leises Aufkeuchen und lächelt in die dann folgende Stille, als sie auf den weißen Sand und den endlosen leeren Strand sieht.

Seine Familie hat sich schon immer oft hierher nach Loiza zurückgezogen. Es ist nicht sehr weit von Sierra entfernt und doch sind die Strandhäuser an diesem Traumstrand eine ganz andere Welt. Nach all dem Stress in letzter Zeit musste Sanchez raus. »Es ist wunderschön hier. Womit habe ich das verdient?« Celestine wirbelt aufgeregt zu ihm um und ihre schönen braunen Augen funkeln ihn an. »Dafür, dass du da warst, ohne dich einmal zu beschweren.« Celestine lächelt und kuschelt sich an ihn.

Seitdem er beschlossen hat, zu seinen Gefühlen für die Arzttochter zu stehen, hatten sie nicht viel Zeit füreinander. Er konnte sie nur einmal kurz sehen und hat sie mit zum Strand genommen. Am nächsten Tag ist das mit Latizia passiert und seitdem war nichts wie vorher. Er war ständig bei Latizia, Celestine hat ihn mit allem unterstützt, wo sie nur konnte. Sanchez weiß, dass das nicht selbstverständlich ist, doch er sieht, dass es Celestine gerne macht, deswegen bedeutet es ihm umso mehr.

»Das ist doch ganz normal. Ich weiß doch, wie sehr du Latizia liebst und habe dir angesehen, wie schwer das alles für dich war.« Sanchez gibt ihr einen kurzen Kuss auf den Mund. Erst jetzt, wo die Person beseitigt ist, die Latizia umbringen wollte, können langsam alle durchatmen und Sanchez wollte unbedingt seine kleine Arzttochter ganz für sich alleine haben.

»Du hast wirklich an fast alles gedacht.« Celestine sieht beeindruckt zu den großen Einkaufstüten, die er in die Küche gestellt hat. Sanchez grinst und küsst ihren Hals entlang. Er hatte keine Zeit, ihr näher zu kommen, und jetzt spürt er, wie sehr er das gebraucht hat. Es bildet sich sofort eine Gänsehaut dort, wo seine Lippen ihre Haut treffen. »Natürlich, an alles!«

Celestine sieht ihn an. »An fast alles, der Einkauf deutet darauf, dass wir länger bleiben und ich habe keine Klamotten zum Wechseln.« Sanchez öffnet ihr Haarband und ihre Haare fallen weich auf ihre Schultern. »Daran habe ich gedacht, aber du wirst keine Klamotten brauchen.« Celestine muss lachen und schlägt ihm leicht auf die Brust. »Ich würde jetzt gerne schwimmen gehen, aber ich habe keinen Bikini.«

Ohne zu zögern öffnet er ihr Sommerkleid und es gleitet ihren Körper entlang auf den Boden. Sie steht nur noch im Slip und BH vor ihm. »Einen besseren Bikini hätte nicht einmal Viktoria Secret erfinden können.« Celestine will etwas sagen, doch Sanchez schnappt sie sich. Sie ist so leicht, dass er keine Probleme hat, sie sich über die Schultern zu werfen und sie zum Meer hinauszutragen. Noch auf dem Weg öffnet er mit einer Hand seine Hose und streift sie ab. Sein Shirt hat er ausgezogen, als sie noch im Haus waren.

Erst protestiert Celestine lachend, doch als er sie dann im Wasser abstellt, sodass sie beide bis zu den Hüften drin stehen, schweigt sie und sieht sich fasziniert um. Langsam beginnt die Sonne unterzugehen. »Es ist so schön hier, so stelle ich mir das Paradies vor, sieh die ganzen bunten Fische und kein Mensch ist hier.« Sanchez umfasst ihre Hüften, nur weil er sie heruntergelassen hat, heißt das nicht, dass sie weggehen soll. »Wir sind die einzigen Gäste momentan, ich habe mich erkundigt.«

Celestine legt ihre Hände um seinen Hals und kommt ihm immer näher. »Wie passend.« Sie küsst ihn. Sanchez hat sie vermisst und genießt ihre erste Nähe einfach nur, doch hier im Wasser, so halbnackt wie sie sich an ihn schmiegt, fällt es ihm mit jeder Sekunde schwerer, sich zu beherrschen. Als sie dann auch noch beginnt, den Kuss intensiver werden zu lassen, wirft er das Vorhaben, alles langsam angehen zu lassen, über Bord. Seine Hände entfernen ihren BH und er widmet sich ihren Brüsten, sobald ihre Lippen ihn freigeben. Sie sind perfekt. Celestine seufzt auf und legt ihren Kopf in den Nacken, Sanchez verschränkt ihre Beine um seine Hüfte, es würde kein Blatt mehr zwischen sie passen.

Seine kleine Arzttochter hat ihm schon früh gezeigt, dass sie auch anders kann, als schüchtern rot zu werden. Als sie in seine Shorts fasst, erobert er wieder ihre Lippen. Dieses Mal gibt sie das Tempo vor und treibt Sanchez fast in den Wahnsinn. Er bringt sie ans Ufer und legt sie in den Sand. Sie keucht auf, als er sich von ihren Lippen trennt. Er liebkost ihre Brüste, fährt ihren zarten Bauch entlang, erst als er ihr Höschen entfernen will, hält sie ihn auf. »Nicht hier! Was ist, wenn uns jemand sieht?« Sanchez zieht sie komplett aus, die Meereswellen umspielen sie. »Hier ist niemand …« Er hält ein und sieht auf sie hinunter. Sein Herz fühlt sich an, als würde es größer werden, als er auf sie sieht. »Bist du dir sicher, dass du mich willst?«

Celestine lächelt ihn liebevoll an, ihre Hand fährt an seine Wange. »Ich wollte dich von Anfang an!« Sanchez sieht ihr in die Augen, als er sie beide vereint und ihr an seinen Lippen ein Stöhnen entlockt. Er wusste, es würde sich gut anfühlen Celestine so nah zu sein. Doch dass es sich so perfekt anfühlen würde, hatte nicht einmal er geahnt.

Adán ist müde, er hat die letzte Nacht überhaupt nicht geschlafen und schon wieder geht ein Tag zu Ende. Er steigt in sein neues Auto. Durch die laufenden Geschäfte, die sie die letzten Wochen abgeschossen haben, hätte er sich eh bald ein neues Auto geleistet, nun war es halt früher nötig. Der Geschäftspartner, den sie gerade getroffen haben, hat ihm auch noch seinen letzen Nerv geraubt, dazu die Sache mit Latizia, die seine Gedanken beherrscht. Es klopft an seiner Scheibe. »Lass uns den Deal feiern gehen!« Musa grinst ihn frech an, seine blauen Augen strahlen ihn an und ein Versprechen auf Spaß liegt in ihnen. »Macht mal, ich fahre zu Latizia.« Musa verzieht sein Gesicht. »Nochmal in diesen Käfig voller Wölfe, die dich alle fressen wollen?« Adán lehnt sich zurück und lacht. »Da muss ich jetzt wohl durch, aber was soll's. Ihr soll es besser gehen, alles andere ist egal. Ich kann ja Dilara grüßen, wenn ich sie sehe.« Musa stöhnt laut auf. »Sage ihr, ich beschäftige mich gerade mit Frauen, die wissen was sie wollen.« Adán lacht und hebt noch einmal die Hand zu seinen anderen Männern. »Ich bin doch nicht lebensmüde.«

Er gibt Gas, die anderen Männer folgen ihm in drei weiteren Autos. Es hat keiner darüber geredet, doch irgendwie sind, ohne dass es jemand gesagt hätte, die Grenzen aufgehoben worden. Zumindest momentan. Sie fahren durch das Surena-Gebiet. Sie erkennen mehrere Männer, die nachsehen, wer sie sind, die Autos dann aber weiterfahren lassen. Vor dem Anwesen von Latizias Familie hält ein Mann sie komplett an, er sieht zu Adán und nickt. Er fährt auf das Anwesen, während die anderen Männer noch einmal hupen und dann weiterfahren. Hätte ihm jemand vor einem Monat gesagt, dass er hier im Surena-Gebiet ein- und ausgeht, hätte er ihn entweder ausgelacht oder umgebracht. Jetzt steigt er nur müde aus dem Auto. Er will nur kurz sehen, wie es Latizia geht und dann wieder gehen und sich schlafen legen, aber er muss sie noch einmal sehen.

Es ist nicht mehr viel Licht im Haus, als er an die Haustür klopft. Latizias Mutter öffnet. »Hallo, ich wollte Latizia nur kurz sehen, wenn das geht.« Die Mutter lächelt, auch sie wirkt müde. »Natürlich, sie ist in ihrem Zimmer.« Der kleine Bruder von Latizia kommt angelaufen und will auf Adáns Arm. Er nimmt ihn hoch und lächelt. Er hat eine gewisse Ähnlichkeit mit Latizia. »Möchtest du noch etwas essen?« Er schüttelt den Kopf. »Ich sehe nur nach, wie es ihr geht und haue dann wieder ab. Ihr Mann reißt mir sonst wirklich irgendwann den Kopf ab.«

Die Mutter lächelt matt. »Er ist noch nicht da und das darfst du nicht persönlich nehmen. Er würde das bei jedem Mann machen, der seiner Tochter zu nah kommt. Nach allem was passiert ist, ist es natürlich noch etwas schlimmer. Es ist gut, dass du nach ihr siehst, ich glaube ihr tut es gut. Warte, ich zeige dir ihr Zimmer.« Auf dem Weg nach oben stockt Adán kurz. »Aber Latizia geht es doch langsam besser, oder? Sie wirken immer noch sehr besorgt.«

Latizias Mutter bleibt stehen und sieht ihn an, dabei nimmt sie den Kleinen auf den Arm. Sie ist eine sehr hübsche Frau, Latizia hat viel von ihr, beide sind ungewöhnlich zart und hell für Puertoricanerinnen. »Nenn mich Bella, ihr geht es besser, ihre Wunden heilen langsam, aber wie es in ihrer Seele aussieht, weiß natürlich niemand. Sie schläft kaum, wacht jedes Mal panisch auf. Natürlich weiß sie tagsüber, dass sie nicht mehr in Gefahr ist, aber ich habe das Gefühl, sie macht jede Nacht immer wieder den gleichen Alptraum durch.«

Latizias Mutter fasst sich an die Schläfen. »Tut mir leid, ich … weiß, es ist noch frisch, aber es ist nicht leicht für mich, sie so zu sehen. Wir dachten, es wird besser hier, doch sie ist gerade beim Videogucken mit ihrer Cousine eingeschlafen und so panisch aufgewacht, dass wir uns alle erschreckt haben.«

Adán nickt. »Ich werde mit ihr reden, aber ich denke, diese Sachen können erst nach einer gewissen Zeit besser werden.« Sie gehen weiter und Latizias Mutter lächelt. Sie bringt ihn zu einem der hinteren Räume, er steht offen. Darin ist ein Zimmer, das schon fast sein halbes Haus ausmacht. Es ist ein riesiger begehbarer Kleiderschrank darin, ein überdimensionales Himmelbett, alles ist in beige und Weißtönen gehalten. Mitten auf dem Bett liegt Latizia, legt ein Buch zur Seite und sieht zu ihm, zwei Hunde liegen auf dem Bettende.

»Wenn ihr noch etwas braucht, sagt Bescheid.« Die Mutter geht wieder nach unten und Adán tritt in den Raum. Einen Moment überlegt er die Tür zu schließen, doch er will sich nicht respektlos hier verhalten. Ihm ist klar, dass die Eltern vieles nur erlauben, weil

Latizia verletzt ist und sich nicht viel bewegen kann. Er geht zum Bett, Latizia lächelt ihn an und er stockt einen Augenblick. Sie trägt eine Shorts und ein T-Shirt. An einem ihrer Oberschenkel ist ein Verband, er weiß, dass sie dort getroffen wurde. Doch auch, dass er jetzt die noch immer vielen Schrammen und blauen Flecken sieht, lassen seinen Magen rumoren. Er spürt ein weiteres Mal, wie viel Latizia ihm bereits bedeutet. Für ihn ist sie einfach nur wunderschön. Sie ist so zart und ihre Haut so weich und cremig, ihre langen hellbraunen Haare umrahmen ihr Gesicht und ihre dunklen Augen funkeln aus ihrem feinen Gesicht heraus.

»Hi, ich hätte nicht gedacht, dass du noch kommst, du siehst sehr müde aus.« Er lächelt, er ist ihr vollkommen verfallen. »Ich habe doch gesagt, dass ich komme und ich halte mein Versprechen. Sollte ich nicht kommen?« Latizia rückt etwas zur Seite im Bett, um ihm anzuzeigen, dass er sich setzen soll. Das braucht sie eigentlich nicht, in dieses Bett passten sie beide zusammen viermal hinein. »Doch, solltest du.« Adán legt seine Waffe auf den Nachttisch und sieht dabei auf ein neues Handy, was noch eingepackt ist. »Mein Vater hat das besorgt, ich habe doch keins mehr.«

Adán streift seine Schuhe ab und setzt sich auf das Bett, oh je, ist das weich. Er ist umgeben von Tausenden weicher Kissen. Er rückt zu ihr und legt den Arm um sie. Nicht nur, dass Adán im Surena-Gebiet im Haus des Anführers ist, er sitzt gerade mitten in einem Prinzessinnenbett. »Kriege ich deine Nummer, schöne Frau?« Latizia lacht leise und hält ihm einen Zettel hin, auf dem die Nummer geschrieben ist.

»Ich heiße Latizia, und damit keine Missverständnisse aufkommen, ich bin die Tochter des Anführers der Les Surenas und mein Bruder führt die neue Generation, die Trez Surentos an, ich habe lauter verrückte Onkels und Cousins.« Er holt sein Telefon hervor und speichert die Nummer ab. Natürlich versteht er ihren Wink und lächelt. »Es könnte schlimmer sein.« Latizia gähnt und kuschelt sich an ihn, in dem Moment öffnet sich sein Herz und schlägt nur für diesen Augenblick.

Trotz allem was war, liegt sie jetzt hier in seinen Armen und es fühlt sich richtig an, als er sich auch hinlegt, sodass sie ihren Kopf an seine Schulter lehnen kann. Er wendet seinen Kopf zu ihr, seine Lippen bleiben an ihrer Stirn, während er mit einer ihrer langen Haarsträhnen spielt.

»Was kann da noch schlimmer sein?« Latizia sieht zu ihm hoch. »Du könntest einen Freund haben, der der Anführer der Tijuas ist und der jeden umbringt, der dich auch nur ansieht.« Latizia schmunzelt. »Du hast recht, das wäre dann wirklich die reinste Katastrophe.« Adán will antworten, doch sein Handy klingelt. »Ich muss kurz rangehen.« Latizia legt sich wieder an seine Schulter. Am Telefon ist einer seiner Männer. Ein Deal, der heute hätte stattfinden sollen, ist abgebrochen worden, weil plötzlich neu verhandelt werden sollte. Adán hasst so etwas und sagt, dass er sich morgen darum kümmern wird.

Als er dann auflegt, sieht er, dass Latizia friedlich eingeschlafen ist. Er zieht sie enger in seine Arme und atmet ihren Duft ein. Er muss an die Worte ihrer Mutter denken, wie unruhig Latizia schläft, doch jetzt schläft sie wie ein Engel. Die Hunde am Bettende schlafen auch tief und fest. Adán will nur einen Augenblick diese perfekte Stille und Situation genießen, bevor er wieder losfährt. Er hört auf Latizias gleichmäßigen, ruhigen Atem und genießt es, sie wieder bei sich zu haben.

»Wie soll ich das akzeptieren?« Bella deutet Paco an, still zu sein. Sie sehen beide in Latizias Zimmer, wo auf dem Bett Adán schläft und Latizia fest im Arm hält und ihre Tochter das erste Mal ruhig und selig schläft. »Sie schläft endlich, mach sie jetzt nicht wach!« Paco ist sauer. Er kommt nach Hause und findet Adán im Bett seiner Tochter. »Hör auf so zu gucken, sie sind beide angezogen, deine Tochter ist noch immer verletzt. Er hat noch nicht einmal die Tür zugemacht, so respektvoll ist er. Lass das endlich und gib ihm eine Chance, sonst wirst du deine Tochter doch noch irgendwann verlieren.« Bella dreht sich um und geht in Richtung ihres Schlafzimmers, Paco sieht noch einmal zu den Beiden. Latizia bewegt sich kurz, aber nur, um sich noch enger an Adán zu legen.

Paco weiß im Herzen, dass seine Frau recht hat, doch er kann es nicht. Es fällt ihm schwer, seine Tochter in die Hände eines anderen Mannes zu geben, besonders nachdem was ihr passiert ist. Doch er weiß, er muss es eines Tages machen. Paco flucht leise, widersteht aber dem Drang, Adán wachzumachen und rauszuschmeißen. Paco öffnet die Tür zu Latizias Schlafzimmer allerdings komplett, bevor er sich abwendet.

Er wusste schon bei ihrer Geburt, dass er eines Tages vor diesem Punkt stehen wird, doch er hat nicht geahnt, dass es so schwer sein wird.

Musa will so schnell wie nur möglich aus dem Surena-Gebiet verschwinden, auch wenn es momentan so etwas wie eine unausgesprochene Waffenruhe zwischen ihnen gibt, damit Adán bei Latizia sein kann, hat er ein komisches Gefühl hier zu sein. Toni sitzt neben ihn und zündet sich gerade eine Zigarette an. »Fahr nach Sevilla, wir gehen da in den neuen Klub.« Sie halten an einer Ampel, als Musa zu einer Pizzeria sieht, vor der Dilara mit diesem anderen Mädchen, das sie zu den Partys begleitet hat, am Auto gelehnt steht und sie sich mit zwei Männern unterhalten.

Er lacht bitter auf, Dilara ist wieder zurechtgemacht. Dass er sie noch einmal so natürlich zu Gesicht bekommt, wie an dem Tag, an dem sie ihn gerufen hat, bezweifelt er. Dilara lacht und hält die Hand auf, der Mann ihr gegenüber legt etwas hinein. Musa sollte weiterfahren, Dilara hat ihm sehr klargemacht, dass sie an keiner Beziehung interessiert ist, doch er kann nicht. »Lass uns davor noch eine Pizza holen!«

Die anderen fahren schon weiter, während Musa scharf abbremst und auf dem Parkplatz der Pizzeria hält. Er stößt dabei die Motorräder der beiden Männer an und sie fallen um. Erst da bemerken alle vier das Auto, aus dem Musa und Toni steigen. »Ey, du Volltrottel, hast du keine Augen im Kopf?« Der Mann, der gerade noch mit Dilara beschäftigt war, sieht nicht einmal hoch und nach, wen er gerade einen Volltrottel genannt hat. »Wärt ihr einfach hier weggefahren, statt den Parkplatz zu blockieren, wäre das nicht passiert.«

Dilara setzt sich auf die Motorhaube ihres Wagens und schlägt ihre hübschen Beine übereinander. Sie verdreht die Augen. »Hey Tijuas, du solltest hier in Sierra keinen Ärger machen.« Toni neben ihm lacht leise auf. Musa mustert Dilara genau, sie will ihn provozieren, allein mit ihrem Blick schafft sie es auch, doch er würde das nie zugeben. Er hat das Gefühl, je näher sie sich kommen, umso weiter distanziert sie sich von ihm, sobald sie sich wiedersehen. »Und du solltest wissen, dass es mich nicht interessiert, wo ich bin. Ich mache was ich will!« Dilara beißt von ihrem Stück Pizza ab.

»Das ist aber unklug.« Musa spürt, wie der Mann, dessen Motorrad er umgefahren hat, sich hinter ihm erhebt. »Es ist so einiges unklug, was ich in letzter Zeit getan habe.« Dilara will gerade etwas erwidern, da mischt sich der Mann ein. »Du dämliche Schlampe, wegen dir ...« Weiter kommt er nicht, Musa trifft ihn so hart im Gesicht, dass seine Nase sofort zu bluten beginnt.

Die Freundin von Dilara keucht auf und der Freund des Mannes eilt ihm schnell zu Hilfe. Als er jetzt endlich erkennt, wen er vor sich hat, halten aber beide ihre Klappe. Toni schreibt unbeeindruckt eine Nachricht und Dilara kommt von der Motorhaube herunter. Sie ist ebenso wenig beeindruckt und stellt sich vor Musa. Jetzt hier vor allen ist sie ihm wieder so fremd, doch er weiß, dass sie anders sein kann. »Das hätte auch ein Cousin von mir gewesen sein können.«

»Kein Cousin von dir hätte dich so angesehen! Ich kenne außerdem deine Cousins und sie hätten genau das Gleiche getan wie ich gerade.« Dilara lacht leise auf. »Falsch.« Sie geht an ihm vorbei zu dem Mann, der noch immer seine Nase hält, nur um ihm mit ihrem Absatzschuh auf den Fuß zu treten. Der Mann stöhnt noch einmal schmerzvoll auf. »Meine Cousins hätten ihm dafür die Zunge abgeschnitten!« Musa muss lachen, während die Freundin von Dilara den Kopf schüttelt. »Ihr gebt perfekt Bonny & Clyde ab. Kaum seid ihr irgendwo zusammen, bricht Chaos aus.«

Dilara winkt ab. »Da wir nicht oft irgendwo zusammen sein werden, ist es egal. Komm, lass uns verschwinden.« Sie wenden sich ab, als Toni von seinem Handy hochsieht. »Kommst du jetzt mal? Was machst du hier so einen Aufstand wegen ihr? Im Club gleich warten zehn von der Sorte auf dich, also komm.« Musa will sich umdrehen, doch er sieht, wie Dilara herumwirbelt. »Dein Freund hat recht, wieso machst du hier überhaupt so einen Aufstand, wo du doch gleich andere Frauen im Arm haben wirst?« Musa hebt die Hand. »Ich würde sofort alles absagen, wenn du bei mir bleibst, aber du willst ja keine Beziehung. Denkst du, solange bis du deine Meinung änderst, werde ich jetzt versauern?«

Dilara lacht bitter auf. »Das ist so typisch!« Musa geht die drei Schritte zu ihr und hält sie am Arm zurück, dabei zieht er sie eng an sich. »Hör auf rumzuzicken, Dilara. Ich habe bestimmt nicht aus Langeweile hier angehalten.« Sie funkelt ihn böse ab. »Ich wünsche dir viel Spaß mit den Frauen, denn wenn du wirklich Interesse an mir hättest, könntest du keinen Spaß mit anderen Frauen haben. Mal sehen, wie lustig der Abend für dich wird.« Musa legt seine Hand an ihre Wange und gibt ihr einen kurzen Kuss auf den Mund. Egal wie sauer sie ist, sie lässt es zu und schließt die Augen. Als er sich löst, lächelt er und lässt sie los.

»Dir wünsche ich auch einen schönen Abend, denn wäre ich dir so egal und du hättest kein Interesse an etwas Festem mit mir, würde es dich nicht so aufregen, wenn ich etwas mit anderen Frauen zu tun habe.« Ohne eine weitere Antwort abzuwarten, geht er zurück zu Toni. Sie steigen ins Auto und rasen davon.

Natürlich weiß er, dass sie vollkommen recht hat. Keine andere Frau interessiert ihn, Dilara wird die Nacht seine Gedanken beherrschen, wie schon die Nächte zuvor. Aber als er jetzt in den Rückspiegel sieht, wie Dilara dem Auto hinterherschaut, weiß er, dass auch er heute in ihren Gedanken sein wird, und das lässt ihn zufrieden lächeln.

Kapitel 14

Adán hat schon lange nicht mehr so friedlich geschlafen. Er wird von etwas Kaltem an seinem Fuß wachgemacht und sieht, wie einer der Hunde vom Bett springt. Er legt sich zurück und realisiert, dass er eingeschlafen sein muss. Ein Wunder, dass er noch lebt und Latizias Vater ihn nicht im Schlaf erschossen hat. In dem Moment fällt sein Blick auf den Engel in seinem Arm. Sie schmiegt sich noch immer an ihn und schläft friedlich. Er lächelt und küsst ihre Wange, im selben Moment öffnet sie etwas ihre Augen.

»Morgen.« Adán lächelt noch einmal und küsst ihre Wange. »Guten Morgen, hast du gut geschlafen?« Latizia nickt. »Sehr gut, sicher und …« Sie stockt, doch sie braucht auch nichts weiter zu sagen. Adán sieht in ihren Augen, dass sie ihn ebenso vermisst hat wie er sie. Latizia legt ihre Hand an seine Wange und seine Lippen berühren endlich wieder die ihren.

Er hat sie viel zu sehr vermisst, um das nicht in dem Kuss zu zeigen, auch wenn er versucht behutsam zu sein. Nachdem all das herausgekommen ist, war Adán sauer, stinksauer. Trotzdem musste er immerzu an Latizia denken, an die Zeit, die sie zusammen verbracht haben, an ihre Zärtlichkeit, ihren Geschmack und Geruch. Er hat sich nach all dem gesehnt, egal was war, doch als er ihr jetzt wieder so nah ist, weiß er, dass seine Erinnerungen daran dem gar nicht gerecht geworden sind. Als sie sich langsam lösen, küsst er ihre weichen Lippen noch viele Male. Sie sieht ihn ernst an, Tränen liegen in ihren Augen, auch wenn sie nicht zulassen möchte, dass sie ihr entwischen. »Du hast mir gefehlt, Adán.« Er küsst ihre Nase. »Du mir auch, sehr sogar.«

Gerade will er ihre Lippen wieder vereinen, da hören sie aus dem Flur Geräusche, Adán lächelt. »Ich mach mich fertig und muss los. Ich habe mich heute um ein paar Sachen zu kümmern. Lade dein Handy auf und richte es ein, damit ich mich bei dir melden kann.«

Latizia will auch aus dem Bett aussteigen. »Ruh dich noch aus. Du kannst immer noch nicht deine Augen richtig öffnen, dein Körper braucht den Schlaf.«

Zehn Minuten später geht Adán die Treppe hinunter, nachdem er geduscht und sich in Latizias Bad frisch gemacht hat. Sie hatte in ihrem Schrank noch Kleidung, die sie ihrem Bruder zum Geburtstag schenken wollte, so konnte Adán sich auch umziehen. Es ist noch relativ früh und es ist auch still im Haus, doch als Adán in den Garten schaut, sieht er Latizias Vater an einen Tisch sitzen, einen Kaffee trinken und telefonieren. Adán könnte jetzt so schön abhauen, ohne sich wieder etwas anhören zu müssen, doch er darf ihn nicht als Anführer einer anderen Familia sehen, sondern als Vater der Frau, die er liebt, also grummelt er leise einen Fluch vor sich hin, bevor er hinaus in den Garten geht.

Sobald Paco ihn entdeckt, deutet er Adán an sich zu setzen. Er legt seine Waffe, die er gerade in den Hosenbund stecken wollte, auf den Tisch und als Paco, während er weiter telefoniert, auf eine leere Tasse deutet, gießt sich Adán auch Kaffee ein. Es dauert nur kurz und Paco legt genervt auf. Adán lehnt sich zurück und mustert den Vater von Latizia, der sein Handy achtlos auf den Tisch wirft. »Ich wollte hier nicht schlafen. Ich bin einfach eingeschlafen.« Adán will sich nicht entschuldigen, nur erklären und Paco nickt.

»Ich weiß, wieso bist du so früh unterwegs?« Nun ist Adán derjenige, der genervt auf sein Handy sieht. »Viel zu tun momentan und na ja, seit der Sache mit Latizia muss bei uns einiges neu geordnet werden.« Paco lehnt sich ebenfalls zurück. »Bei uns ist auch viel los. Ich weiß, dass die Tijuas, die Trez Puntos und Surenas keinen guten Start hatten, du hast aber meiner Frau und Sara geholfen, zudem … scheint meine Tochter dich zu mögen.« Adán muss lächeln. »Sie bedeutet mir wirklich auch sehr viel.« Latizias Vater nickt. »Ich weiß. Und da wir ja eigentlich kein richtiges Problem mit eurer Familia haben, werde ich mich auch zurückhalten, wenn es darum geht, dass du für sie da bist. Aber ich werde dir auch gleich sagen, dass ich nicht irgendjemanden für meine Tochter akzeptiere. Sie ist die Beste und hat nur das Beste verdient. Ich weiß, wie hart du dafür gekämpft hast, die Tijuas dahin zu bringen, wo sie jetzt sind und nach unseren Familias seid ihr in Puerto Rico die drittmächtigste Familia und das nur aus deinen Händen heraus, das respektiere ich.«

Adán spielt an dem Henkel der Tasse herum, er hätte sich nie vorgestellt, dass er hier eines Tages mit dem Anführer der Surenas sitzen würde. Er will ehrlich zu Paco sein, Latizia ist ihm wichtig und er ist ihr Vater. »Ich muss ehrlich sagen, dass wir im Grunde gar kein Problem haben mit euren Familias. Es ist eher etwas Persönliches von mir, dass ich von Anfang an die Grenzen klar gesteckt haben wollte.«

Paco nickt. »Ich weiß, doch um offen zu sein, will ich auch niemanden für meine Tochter, der vor mir zu Boden kriecht, so einen Mann würde ich an ihrer Seite nicht akzeptieren. Hättest du nicht von Anfang an Rückgrat gezeigt, säßen wir jetzt nicht hier. Ich möchte jemanden, der auf meine Tochter aufpassen kann, so etwas darf ihr nie wieder passieren. Ich werde dir nicht sagen, was du zu tun und zu lassen hast, du kannst alleine eine Familia führen und das gut, doch auf eine Sache musst du verzichten. Frauen, die für deine Familia kämpfen, das geht gar nicht. Damit bringst du Latizia immer wieder in Gefahr und das kann ich nicht zulassen. Es kann immer wieder sein, dass eine Frau Gefühle für dich als Anführer entwickelt und austickt wie diese Bara. Wenn du vorhast, etwas Ernstes mit meiner Tochter anzufangen, musst du dich von den Frauen in eurer Familia verabschieden.«

Adán muss grinsen. »Ist schon geschehen, noch am selben Abend habe ich zwei Frauen weggeschickt, die anderen sind in festen Beziehungen mit Männern der Tijuas und nur noch als deren Freundinnen bei uns.« Paco zieht die Augenbrauen hoch. »Vielleicht ticken unsere Familien doch nicht so verschieden. Ich lasse deine Männer auf unser Gebiet, solange du die Verantwortung dafür übernimmst, dass alles ruhig bleibt und sie wissen, dass es trotzdem unser Gebiet ist. Ich denke, das gilt auch von eurer Seite. Oder willst du etwas dagegen sagen, wenn einer von Latizias Cousins durch euer Gebiet fährt?«

Adán hebt die Hand. »Keine Grenzen mehr, aber genauso müssen die Jungs von euch die Tijuas respektieren, besonders die Jüngeren.« Pacos Handy klingelt. »Ich werde mit ihnen reden, aber wenn sie wissen, dass du mit Latizia zusammen bist, werden sie es automatisch tun. Jeder hier liebt Latizia über alles.« Adán nickt. »Ich sie auch.« Paco will eigentlich ans Handy gehen, doch er hält ein und sieht Adán in die Augen. Er hält seinem Blick stand, er meinte seine Worte ernst, er liebt Latizia. Dabei fällt ihm auf, dass er ihr das bis jetzt immer noch nicht gesagt hat. Er hofft, sie weiß es trotzdem.

Erst als das Handy von Paco wieder klingelt, unterbricht er den Augenkontakt und seufzt leise. »Na schön.« Sie stehen beide auf, während Paco am Handy zuhört. »Wer will jetzt schon zu mir? Denken eigentlich alle, hier ist Tag der offenen Tür?« Adán nimmt seine Waffe, geht zur Haustür und Paco läuft neben ihm. Auf der Kommode nimmt er einen Autoschlüssel und legt genervt auf. Als sie heraustreten, kommt ein alter Mann gerade die Einfahrt hoch und sieht eingeschüchtert zu ihnen.

»Wer ist das?« Adán kennt den Mann irgendwoher. »Das ist Oskar, ihm gehört das Fischgeschäft im Einkaufszentrum.« Da muss Adán ihn gesehen haben. Bevor die Familias zurückgekommen sind, haben sie dieses Einkaufszentrum genutzt. Jetzt nutzen sie das in Sevilla. Nun kann er theoretisch wieder in Sierra einkaufen. »Was führt dich so früh hierher, Oskar? Geht es deiner Familie gut?«

Auch wenn Paco gerade noch genervt war, ist er sehr freundlich zu dem alten Mann, der nervös zwischen ihnen beiden hin- und hersieht. Der Mann sieht zu Boden. »Nein, geht es nicht. Es tut mir sehr leid für die Störung. Ich weiß, dass es ihrer Tochter noch nicht sehr gut geht und sie Ruhe braucht, ich weiß nur nicht weiter und muss sie nach Hilfe fragen.« Der Mann ist so nervös, dass er

Tränen in den Augen bekommt und in den Taschen seines alten Jacketts zu kramen beginnt.

»Worum geht es?« Der Mann sieht ihnen beiden in die Augen. »Sie haben doch sicher davon gehört, dass Mädchen verschwinden, seit Monaten. Aus Sierra sind es nun schon vier und sie alle sind tot und gequält wieder aufgefunden worden.« Paco nickt. »Diese Bestie hat jetzt auch mein Mädchen, Emilia. Sie geht in die gleiche Klasse wie ihre Nichte …«

Paco reibt sich die Augen auch Adán räuspert sich. Sie wissen was das bedeutet, noch keines der Mädchen kam lebendig zurück. »Es tut mir leid, Oskar, natürlich kenne ich Emilia.« Der Mann hebt die Arme. »Ich war die ganze Nacht auf der Polizeistation, mich haben die Väter begleitet, die ihre Töchter schon verloren haben, doch sie wollen uns nicht zuhören, deswegen komme ich zu euch.

Schon seit den letzten beiden Mädchen haben wir einen Verdacht. Es ist ein ehemaliger Polizist aus Sevilla, er hat ein abgelegenes Haus, sehr abgelegen, doch es haben Mitarbeiter eines Feldes in der Nähe schon öfters Frauenschreie aus dem Haus gehört. Der Mann ist immer betrunken und zweimal hat ihn schon jemand gesehen, wie er nachts jemanden ins Haus zerrt. Seine Fenster sind zugeklebt und er lässt niemanden ins Haus.«

Paco sieht den alten Mann verwundert an. »Wieso macht die Polizei nichts?« Der alte Mann kämpft mit den Tränen. »Weil er einer von ihnen war. Sie sagen, wir sollen den Mann in Ruhe lassen und dass wir sonst unsere Läden schließen können, warum wir so einen Aufstand machen wegen ein paar Mädchen. Aber das sind doch unsere Töchter. Ich war bei allen Leuten, die ich kenne. Es ist nicht viel, doch ich hoffe, dass ich euch dazu kriegen kann nachzusehen, ob es stimmt. Vielleicht ist genau jetzt meine kleine Emilia bei ihm und lebt noch. Jede Minute zählt, bitte.«

Der Mann kramt wieder in seiner Jacketttasche und zieht ein Bündel Scheine heraus. Paco deutet ihm an, das Geld wieder wegzustecken. »Das nächste Mal, wenn so etwas ist, kommt sofort zu uns.« Er will jemanden anrufen, doch dann sieht er zu Adán, der noch immer seine Waffe in der Hand hat.

»Na dann, gucken wir, wie gut die Tijuas und die Surenas zusammenarbeiten können.« Eigentlich hat Adán zu tun, doch der Mann tut ihm leid. Er bezweifelt, dass sie Glück haben, doch er setzt sich zusammen mit Latizias Vater in dessen Auto und Oskar setzt sich aufgeregt nach hinten. »Hör zu, Oskar. Ich bete, dass wir Emilia finden, aber es kann auch sein, dass sie dort nicht ist. Ich werde dann aber mit dir zur Polizei kommen und Druck machen, ok? Aber du musst wissen, es kann sein, dass der Mann es nicht war.«

Oskar rutscht unruhig hin und her. »Ich weiß, ich bin mir aber sicher, dass er es war! Ich habe dem Mann in die Augen gesehen, er ist der Teufel!« Adán und Paco wechseln einen Blick. Er sollte sich nicht zu viele Hoffnungen machen, aber sie ihm zu nehmen, ist auch nicht richtig. So merkwürdig es sich auch anfühlt, neben Latizias Vater zu sitzen und mit ihm zusammenzuarbeiten, so ist es vielleicht die beste Möglichkeit, eine gewisse Basis zwischen ihnen aufzubauen, nach allem was geschehen ist.

Sie brauchen zehn Minuten, bis sie in einen kleinen Feldweg einfahren müssen. Von Weitem sehen sie ein Haus auf einer Lichtung stehen. Es ist so weit abgelegen, dass man es von der normalen Straße gar nicht sieht. Paco hält, doch sie sind noch zu weit vom Haus entfernt. »Wenn wir nicht bemerkt werden wollen, müssen wir zu Fuß weiter und so ans Haus herankommen.« Adán nickt und sieht nach, ob seine Waffe voll geladen ist. »Wohnt er alleine da, oder gibt es noch jemanden im Haus?«

Oskar sieht gebannt zum Haus. »Alleine, er ist immer alleine da.« Adán sieht sich um und zeigt einen Weg im Wald. »Wenn wir so rumgehen, kommen wir nah genug an die Haustür, um schnell zuzuschlagen, ohne dass er abhauen kann.« Paco folgt dem Weg, den er zeigt und nickt. »Ok, Oskar bleib im Auto, ok?« Der Mann nickt und Adán und Paco verlassen schnell das Auto. Sie müssen sich beeilen, die Gefahr entdeckt zu werden ist zu groß und als ehemaliger Polizist wird er genug Waffen im Haus haben, um ihnen Ärger zu machen.

Auch wenn Latizias Vater älter ist, merkt man ihm das nicht an, als sie sich schnell zusammen im Wald bewegen. Als sie näher ans Haus kommen, hört Adán tatsächlich auch Frauengeschrei, gedämpft, doch es muss eine Frau sein. Er sieht zu Paco, der zur Haustür nickt. So schnell sie können rennen sie darauf zu, Paco schießt das Schloss auf und Adán tritt die Tür komplett auf.

Sofort schlägt ihnen ein widerwärtiger Geruch entgegen. »Was zur Hölle ist hier ...« Ein Schuß fällt und Paco drückt Adán an die Wand, die Kugel geht vorbei, der Mann muss sich in der Küche aufhalten. Adán sieht, dass es noch einen anderen Weg dahin gibt und deutet Paco, das er dort entlang geht. Solange gibt ihm Paco Feuerschutz.

Adán geht durch ein unordentliches Wohnzimmer, das ein Durchgangsraum ist, auf den Flur und sieht durch eine Zweittür in die Küche, wo ein dicker Mann nur mit Unterhose und Unterhemd auf eine Tür an der Wand in der Küche zurennt. Er stößt eine Falttür auf und hat somit direkt Paco im Visier. Adán schießt, bevor er schießen kann und der Mann fällt zu Boden.

Paco kommt zu ihnen. »Jeder hat den anderen vor einer Kugel gerettet, guter Einstieg.« Adán lacht leise und lädt seine Waffe nach. Wer weiß, was ihnen hier noch entgegenkommt. Der Mann lebt noch, Adán hat ihn am Bein getroffen, bewusst, denn sie wissen immer noch nicht, ob er überhaupt etwas getan hat. »Steh auf, empfängt man so Besuch? Was für ein Geruch ist das?«

Doch sie brauchen keine Antwort, jetzt wo sie nicht mehr schießen, hören sie wieder das Frauengeschrei. Paco nimmt den Mann mit. Sie gehen zurück zum Eingang, doch es ist schwer zu erkennen, woher das Geschrei kommt. »Es ist gedämpft, er hat sicher irgendwo eine Platte vor.« Adán klopft an die Wände. »Wer ist das, du kranker Mistkerl, woher kommt das Geschrei?« Adán entdeckt die Platte, ein Tisch steht davor, der Mann lacht nur krank.

Schon als er die Platte beiseite schiebt, weiß er, dass sie Sachen sehen werden, die sie nicht sehen sollten, doch das Geschrei lässt ihn nicht zögern. Er geht in einen dunklen Raum, sucht nach einem Lichtschalter und wird vom Gestank fast erdrückt. Das Geschrei verstummt, als er eintritt, endlich findet er den Lichtschalter. Er spürt Paco und den Mann hinter sich und hört einen Fluch, sobald es hell wird.

Der Raum ist fast kahl, es ist überall im gesamten Raum Blut an den Wänden, auf dem Fliesenboden. Eine dreckige Matratze liegt auf dem Boden, daneben ein paar Essensreste, in der Mitte des Raumes steht eine Holzliege und darauf gefesselt liegt eine dunkelhaarige junge Frau, blutig gequält und mit panischem Blick auf ihnen. Die Frau ist komplett nackt, überall ist Blut. »Ist sie das?« Adán sieht ein Messer auf einem kleinen OP-Tisch, wo so einige Werkzeuge und Folterutensilien liegen. »Ja, das ist sie.« In dem Moment, wo Adán ihr die Fesseln abschneiden will, fängt sie wieder an zu schreien.

»Emilia, guck mich an. Ich kenne deinen Vater, er sitzt draußen im Auto. Du bist frei, wir holen dich raus.« Paco holt gleichzeitig sein Handy heraus und zieht sein T-Shirt aus. Er ruft einen Krankenwagen. Nachdem Adán sie losgemacht hat, hilft er ihr, Pacos Shirt überzuziehen, was nicht leicht ist, da sie zurückweicht und gleichzeitig Schmerzen hat.

Adán sieht auf das viele Blut, das Mädchen, sie stehen gerade direkt in der Hölle. Sie hören mehrere Sirenen von Weitem, immer wenn der Krankenwagen kommt, kommt auch automatisch die Polizei. Der Mann lacht. »Es war sehr unklug einen Polizisten anzuschießen, sie werden mich ermahnen und ich bin heute Abend wieder hier, aber ihr …« Offenbar weiß er gar nicht, wen er vor sich hat.

Paco lacht den Mann an. »Es hatte nie jemand vor, dich der Polizei zu übergeben, du kranker Mistkerl.« Als der Schuss fällt, schreit die junge Frau erneut auf, keine Minute später kommen Sanitäter zusammen mit Oskar herein, der überglücklich und gleichzeitig über ihren Anblick geschockt seine Tochter in den Arm nimmt. Paco und Adán gehen hinaus, sie haben getan was sie konnten. »Danke, ich werde ihnen das nie vergessen. Möge Gott sie und ihre Familie schützen.«

Paco dreht sich noch einmal zu Oskar um. »Passen sie gut auf Emilia auf. Sie wird sie jetzt brauchen.« Sie verlassen das Haus. »Und ist der Test bestanden?« Adán steckt sich die Waffe in seinen Hosenbund zurück. »Noch eine Frage. Wenn du von Anfang an gewusst hättest, wer Latizia ist, dass sie zu unserer Familie gehört und meine Tochter ist, ständen wir dann jetzt hier?«

Adán sieht einen Augenblick zu Boden, doch dann sieht er Latizias Vater in die Augen. »Ich weiß nicht, ob alles genauso abgelaufen wäre, aber Latizia hat sich vom ersten Moment, wo ich sie gesehen habe, in mein Herz gebrannt. Es hätte nichts daran geändert.« Paco muss leise lachen. »Die gleiche Antwort musste sich mein Schwager vor einigen Jahren von mir anhören.«

Er streckt Adán die Hand entgegen. »Viel Spaß, du darfst jetzt offiziell mit meinem Segen versuchen, meine Tochter für dich zu gewinnen.« Adán nimmt seine Hand an und muss schmunzeln. Er hätte Latizia nicht aufgegeben, doch so fühlt es sich trotzdem besser an.

Frau Anoltzas beweist eine Engelsgeduld, als sie nach und nach jeden einzelnen Verband von Latizia entfernt. Bisher hat Latizia nie viel gesehen, es ist immer schnell gegangen und die Schmerzen haben ihr dabei den Verstand geraubt. Sie zieht ihr das Top wieder herunter und entfernt den letzten Verband am Oberschenkel. »Schön, das sieht gut aus. Du wirst dich ohne die Verbände besser bewegen können. Die Wunden heilen schneller, doch du musst aufpassen, wenn du duschst, nur kurz und tupfe die Stellen schnell trocken, nicht reiben nur ganz leicht tupfen. Hier sind Tabletten, die das Ganze natürlich von innen beschleunigen. Die Wunden sind jetzt geschlossen, jetzt werden sie immer blasser und dünner, es geht darum, dass die Narben so gut wie möglich verheilen.

Latizias Hand zittert, sie sieht das erste Mal auf die Wunde an ihrem Oberschenkel. Sie ist riesig und man sieht schon jetzt, dass eine lange rötliche Narbe darauf zurückbleiben wird. Latizia kämpft mit den Tränen, sie hat nie darüber nachgedacht, was von dieser Nacht zurückbleiben wird. Sie hört gar nicht zu, als sich die Ärztin verabschiedet und ihre Mutter sie zur Tür bringt. Lando bleibt bei ihr und folgt ihr, als sie aufsteht und langsam in ihr Bad geht.

Latizia stellt sich vor den Spiegel, sie starrt auf die Wunde am Oberschenkel, ihre sonst immer so glatte Haut ist verstümmelt. Sie atmet tief ein und zieht sich das Top aus, sodass sie nur noch in Shorts und BH vor dem Spiegel steht. Was sie dann sieht, trifft sie mit voller Wucht. In Höhe ihrer Rippe und an ihrem Arm sind zwei genauso lange und tiefe Narben wie an ihrem Oberschenkel, sie sieht aus wie ein Monster. »Latizia hat Aua!« Lando zeigt auf ihre Narben und macht große Augen, dann rennt er hinaus. »Mama, Latizia hat Aua!«

Latizia kann nicht reagieren, denken, sie blickt auf ihre Narben, schließt die Augen und ein erstickter Schrei entfährt ihr. Vielleicht hat Bara sie nicht getötet, doch sie hat sie gezeichnet, entstellt und sie wird nie wieder die Gleiche werden. Latizia ist zu einem Monster geworden, sie kann sich selbst nicht im Spiegel ansehen. Sie weint und hört selbst laut ihr Schluchzen. Sie hat gewonnen, die alte Latizia ist in der Nacht gestorben und die Neue ist so entstellt und innerlich gebrochen, dass Latizia sich nicht einmal ansehen kann. Sie greift nach dem erstbesten Gegenstand und schlägt den riesigen Spiegel in ihrem Bad kaputt. Im selben Moment kommen Leandro und ihre Mutter ins Zimmer gestürmt.

Latizia zeigt an sich herunter, sie weiß nicht, ob ihr Bruder oder ihre Mutter ihre Narben schon gesehen haben, sie kann kaum reden, so sehr weint sie. Doch sie hören sie und wenn nicht, sehen sie, wovon sie spricht. »Sie hat mich zu einem Monster gemacht!«

Kapitel 15

Adán hat schlecht geschlafen, aber immerhin konnte er etwas schlafen. Da er gestern das Auto bei Latizia in der Einfahrt hat stehen lassen, hat Paco ihn nach ihrer Aktion in Sevilla rausgelassen, wo er sich um den neuen Kunden gekümmert hat. Musa hat ihn dann abgeholt und sie haben sich um die Sachen gekümmert, die in den letzten Tagen auf der Strecke blieben. Er hat Latizia zwischendurch geschrieben, doch keine Antwort bekommen. Vielleicht hat sie es noch nicht geschafft ihr Handy einzustellen. Sehr spät haben sie dann ein Familiatreffen einberufen, um die neuesten Sachen zu regeln.

Adán versucht seinen Männern zu erklären, dass sich gerade einige Sachen ändern. Er muss aufpassen, dass sich niemand dagegen auflehnt, aber zu seinem eigenen Erstaunen haben seine Leute nichts dagegen, sich mehr mit den Surenas und Puntos einzulassen. Adán erklärt, dass es die Grenzen so nicht mehr gibt, sie sich aber trotzdem respektvoll benehmen sollen. Als einer dazwischenruft, ob es denn jetzt stimmt, dass die Tochter des Surena-Anführers zu Adán gehört und somit zu ihnen, konnte Adán sich ein zufriedenes Grinsen nicht verkneifen. »Es sieht ganz so aus.«

Er hat sich dann bei sich schlafen gelegt, auch wenn er da bereits angefangen hat Latizia zu vermissen, doch sofort noch eine Nacht dort zu verbringen, wäre unverschämt. Als Adán am nächsten Morgen immer noch keine Nachricht bekommen hat, bildet sich langsam ein ungutes Gefühl in seinem Magen. Statt zu duschen, springt er in seinen See und schwimmt eine Weile. Latizia und er haben sich wieder geküsst, sind sich näher gekommen, doch ob sie jetzt wirklich wieder zusammengefunden haben, weiß er nicht.

Er hat nicht vor, sie wieder zu verlieren. Während er sich etwas ansieht, sieht er auf das Flugzeug, das sie ihm gekauft hat. Er müsste noch etwas erledigen, doch er ruft Musa an, der gerade nebenan ist, wo ein neues Haus für ihn gebaut wird. Adán fragt, ob er ihn zu Latiza bringen kann, da sein Auto noch dort ist. Auf dem Weg bittet er ihn, heute die Geschäfte für ihn zu erledigen, er will sich die Zeit für Latizia nehmen. Gleichzeitig fragt er nach Dilara, da er weiß, dass Musa mehr als nur ein Auge auf sie geworfen hat. Doch der lenkt schnell ein, Dilara sei so stur, da braucht man Jahrzehnte, um auch nur einen Blick über die Mauer zu ihr zu werfen.

Als hätte sie es geahnt, geht Dilara genau in dem Augenblick, als sie in die Einfahrt fahren, mit ihrer Mutter zu ihrem Auto. Adán und Musa steigen aus und Dilara kneift die Augen zusammen. »Na, hast du vor, heute wieder jemandem die Nase zu brechen? Hier wird das etwas schwerer sein.« Musa lacht, er und Adán nicken der Mutter von Dilara zu, die sie beide genau mustert und dann lächelt. »Du bist Adán, das weiß ich, aber wer bist du?« Musa reicht ihr die Hand und stellt sich vor, während Dilara weiter zum Auto geht. »Komm Mama, lass das, es ist unwichtig.«

Ihre Mutter lacht. »Unwichtig? Der erste Mann, der es schafft dich so wütend zu machen, kann nicht unwichtig sein.« Musa grinst und Dilara verdreht die Augen. »Ich gebe mir alle Mühe, Señora, aber ihre Tochter macht es einem nicht leicht.« Die Mutter lacht auf. »Sie ist meine Tochter, Musa, leicht gibt es hier nicht.« Sie zwinkert ihnen noch einmal zu und setzt sich dann zu Dilara ins Auto.

Adán muss leise lachen und klopft Musa aufmunternd auf die Schulter. Erst als der auch wieder vom Grundstück gefahren ist, geht Adán an seinem Auto vorbei zum Haus von Latizia. Das Anwesen ist riesengroß, wenn man sich nicht auskennt, könnte man sich sehr leicht verlaufen. Gerade als er klingeln will, geht die Tür auf und Leandro kommt heraus, er sieht müde aus. »Hi.« Latizias Bruder reibt sich über den Kopf, seine grüne Augen sehen ihn abschätzig an. »Mein Vater hat mir erzählt, was ihr gestern getan habt. Ich werde später allen Bescheid geben wegen der Grenzen. Hast du schon mit Latizia geredet seit gestern?«

Adán schüttelt den Kopf. »Nein, sie hat sich nicht gemeldet, ist alles in Ordnung?« Ein weiterer Mann kommt zu ihnen, den Adán schon öfter gesehen hat. »Geht's Latizia schon besser?« Leandro stellt Adán den Mann als Latizias Cousin Miguel vor und erklärt, dass es Latizia wieder viel schlechter geht. Latizia lässt momentan niemanden zu sich, ihn hat sie auch gerade quasi rausgeworfen. Sie will nichts hören und niemanden sehen. Sie müssen jetzt los, aber seine Mutter wird Adán den Rest erklären.

Latizias Bruder und der Cousin beeilen sich und Adán geht ins Haus. Latizias Mutter sitzt mit zwei weiteren Frauen im Garten, man sieht ihr die Sorgen an. Als sie Adán entdeckt, kommt sie alleine zu ihm. Sie erklärt, dass Latizia gestern das erste Mal ihre Narben gesehen hat und sie das sehr zurückgeworfen hat. Sie will momentan niemanden sehen oder sprechen.

Adán denkt nicht im Traum daran und geht direkt in Latizias Zimmer, nachdem er ihrer Mutter versichert hat, dass sie sich wieder beruhigen wird. Erst als er das Zimmer betritt, sieht er wie schlimm es wirklich ist. Es ist alles abgedunkelt. Adán geht zu den Fenstern und lässt die Jalousien hochfahren. Er sieht Scherben auf dem Boden und dass alle Spiegel kaputtgeschlagen sind, in ihrem Zimmer und auch im Bad. Sie hat wohl niemanden mehr so lange hereingelassen, um die Scherben entfernen zu können.

»Lass die Jalousien wieder runter, ich will allein sein.« Latizia liegt auf dem Bett. Ein Blick auf sie und Adán sieht, dass sie sehr viel geweint haben muss. Es zerreißt ihm das Herz, das zu sehen. Er kennt Narben von Messerstichen und kann sich vorstellen, dass es für Latizia ein Schock gewesen sein muss, doch es ist unwichtig, sie lebt, das ist das Einzige was zählt. Adán geht zu ihrem Bett, doch als er sich zu ihr setzen will, hebt sie die Hand.

»Adán bitte, ich will jetzt niemanden sehen. Ich kann diese Sorge und das Mitleid jetzt nicht ertragen.« Adán setzt sich trotzdem ans Bett. »Was redest du da, Latizia? Das hat mit Mitleid nichts zu tun. Alle machen sich Sorgen um dich, weil du niemandem egal bist, ist das schlimm? Du hast überlebt und Narben davongetragen ...« Latizia erhebt sich und stoppt ihn, laut und scharf. »Ich habe nicht überlebt, denn sie hat mich getötet. Die alte Latizia gibt es nicht mehr. Sie hat mir ihre Zeichen aufgedrückt, mir meinen Schlaf genommen und das Gefühl der Sicherheit. Ich bin nicht mehr die Alte, also komm mir nicht mit 'ich habe überlebt'. Geh jetzt bitte! Die Latizia, die es einmal gab, wirst du nicht mehr wiederbekommen. Je eher ihr alle euch damit abfindet, dass diese Latizia tot ist, umso besser. Wäre das mit Bara nicht passiert, wärst du doch gar nicht hier und wir würden immer noch nicht vernünftig miteinander reden. Du bist doch auch nur hier wegen deines schlechten Gewissens und das brauche ich nicht. Ich will kein Mitleid mehr.«

Adán kocht innerlich. »Glaubst du das wirklich?« Latizia nickt und Adán erhebt sich, bevor er noch etwas sagen oder tun könnte aus Wut, was er später bereuen würde. Er steht auf und geht aus dem Raum, dabei knallt er die Tür zu ihrem Zimmer laut zu. Es ist mucksmäuschenstill im Haus, sicherlich hat jeder hier ihren Streit mitbekommen, selbst der Vater von Latizia muss im Haus sein, sein Auto stand in der Einfahrt.

Adán will die Treppen hinunter, da hört er ein Schluchzen von Latizia und schließt die Augen. Sein Stolz, sein Herz, er liebt diese Frau, sie hat keine Kraft mehr, also muss er die Kraft für sie beide aufbringen. Er geht zurück. Latizia sitzt im Bett und sieht ihm entgegen. »Vertraust du mir?« Trotz der Worte, die sie ihm vorhin an den Kopf geworfen hat, nickt sie jetzt und blickt auf die Hand, die er ihr hinhält. »Dann komm!«

Im gleichen Moment als sie aufsteht, seine Hand nimmt und ihm aus dem Zimmer folgt, passiert noch etwas in ihm. Sein Herz weiß genau in diesem Moment, als er ihre Finger miteinander verschränkt und sie nur mit einer Jogginghose, einem T-Shirt und Flip Flops neben ihm die Treppe hinuntergeht, dass er sie nie wieder aufgeben wird, egal wie viel Geduld er für sie braucht.

Wie er es sich gedacht hat, steht Paco gerade in der Küche und sein Bruder ist bei ihm, Bella sitzt noch immer im Garten und sie alle sehen zu ihnen.

Adán erkennt die großen Sorgen in den Augen ihres Onkels und ihres Vaters. »Wir kommen bald wieder.« Latizia stellt sich einen

Schritt näher zu Adán und Paco nickt. Adán sieht, dass er ihm vertraut und hofft, dass er seiner Tochter durch diese schwere Zeit helfen kann.

Adán bringt sie zu seinem Auto. Ohne ein Wort zu verlieren, hilft er Latizia ins Auto und fährt los. Er wird sie nicht aufgeben, er muss jetzt für sie beide kämpfen. »Ich bereite meinen Eltern nur Sorgen und du hast auch etwas Besseres verdient.« Adán sieht Latizia von der Seite an. Sie hält verkrampft den Türgriff fest und sieht aus dem Fenster. Ihm fällt ein, dass sie im Auto so schwer verletzt wurde. »Bist du seitdem noch einmal im Auto gefahren?« Sie sieht zu ihm und lässt den Türgriff los. »Ja, als ich aus dem Krankenhaus entlassen wurde und einmal kurz mit meinem Vater. Ich saß aber hinten, hier zu sitzen fühlt sich merkwürdig an.«

Adán greift nach ihrer Hand, küsst sie und umfasst sie, zum Glück müssen sie nicht weit fahren. Als er vor dem einfachen Bauernhaus hält, sieht Latizia ihn fragend an, doch er steigt einfach aus und öffnet ihr die Tür. Zwei Hunde kommen angerannt, Latizia lächelt ihnen sofort entgegen, doch als sie etwas zu freudig an ihr hochspringen wollen, muss Adán das Ganze stoppen, damit sie nicht an ihre Wunden kommen. »Darf ich dir deine Lebensretter vorstellen?« Latizia sieht von ihm zu den Hunden und beugt sich leicht hinunter, sodass die Tiere sie abschlecken können, gleichzeitig kommt schon der alte Mann zum Zaun.

Latizia sieht verwundert zu Adán, woher weiß er davon? Er war nicht mit im Krankenhaus. »Woher weißt du davon?« Adán streichelt einen der Hunde. »Als dein Bruder und die Anderen bei uns waren, hat er mir davon erzählt. Ich wollte wissen, wer dir das Leben gerettet hat und war noch am selben Tag hier. Dein Vater und einige andere waren auch bereits hier.« Der Mann kommt bei ihnen an und begrüßt sie freudig wie schon zuvor im Krankenhaus. Er bittet sie herein, auch wenn sie vollkommen unangemeldet kommen.

Latizia hat die Decke seiner Frau auf ihrem Bett liegen und bedankt sich jetzt dafür. Die Frau freut sich ebenso und sie setzen sich mit den älteren Ehepaar auf die Terrasse, trotz der Wolken am Himmel, die nach Regen aussehen. Sie fragen nach Latizias Befinden und sie antwortet ehrlich, dass es alles gerade schwer für sie ist. Plötzlich bittet Adán den Mann, noch einmal genau zu erzählen, wie es war, als er Latizia gefunden hat.

Sie hat keine Ahnung, was das soll. Sie will das jetzt nicht hören, doch sie kann auch nichts dagegen tun, als der Mann zu erzählen beginnt, wie er in den Wald ging wie jeden Morgen, kurz bevor die Sonne aufgeht. Seine Hunde hören auf ihn und bleiben bei ihm, allerdings nicht an diesem Tag. Sie haben ihn zu Latizia geführt. Er bekommt Tränen in den Augen, als er davon spricht, wie er sie vorgefunden hat.

Blutig, alles war voller Blut, sie muss die Böschung hinabgestoßen worden sein, ihre Haare waren voller Äste und Blätter. Der Mann dachte sie wäre tot, es sah so aus, er dachte nicht, dass jemand mit diesem Blutverlust und diesen Verletzungen noch leben konnte. Er erklärt, dass ihn dieser Anblick an seine Tochter erinnert hat, die damals mit zehn Jahren auf dem Schulweg von einem Auto totgefahren wurde.

Doch seine Hunde haben Latizias Gesicht abgeschleckt. Da hat er gesehen, dass sie noch atmet, ganz schwach, doch er hat sofort Hilfe geholt. Die Sanitäter haben ihm gesagt, es gäbe nicht viel Hoffnung für Latizia, doch er wusste, sie würde es schaffen. Wenn sie es bis dahin geschafft hat, ist sie eine Kämpferin und er hatte recht. Latizia hat den Tod besiegt und überlebt. Nun kommen auch ihr die Tränen und sie schüttelt den Kopf.

»Das habe ich aber nicht wirklich, es hat sich so vieles geändert, ich kann nicht einmal richtig im Auto sitzen, ich kann das nicht … Ich werde es nie vergessen können, es hat einen Teil von mir getötet, meinen Körper entstellt.« Der Mann sieht sie entschlossen an. »Niemals! Das ist nur, weil es noch zu frisch ist und du lernen musst, es in etwas Positives umzuwandeln. Wenn du kein Auto mehr fahren möchtest ... wunderbar, mit dem Fahrrad ist es eh gesünder. Dich dürfen diese Narben nicht stören. Ich weiß, das ist leicht gesagt, aber wenn ich dich ansehe, sehe ich eine wunderhübsche junge Frau. Du weißt doch, Narben auf unserer Seele zeigen, dass wir geliebt haben, Narben auf unserem Körper zeigen, dass wir gelebt haben und deine zeigen nicht nur, dass du lebst, sondern auch, dass du überlebt hast. Du darfst diesen Unmenschen, der dir das angetan hat, nicht gewinnen lassen, Latizia.« Der Mann hält ihre Hand und sieht sie bittend an. Sie spürt Adáns Blick in ihrem Rücken und weiß, wozu er sie hergebracht hat. Sie nickt und verspricht dem Mann nicht aufzugeben. Es beginnt zu regnen und sie verabschieden sich, aber nicht ohne das Versprechen wiederzukommen.

Kaum sitzen sie im Auto, wird es heftig mit dem Wetter. Es ist typisch für Puerto Rico. Wenn es regnet, dann kurz und heftig und danach scheint die Sonne doppelt so stark wie vorher. »Ich danke dir, dass du mich hergebracht hast. Ich habe verstanden, was du mir damit sagen wolltest.« Adán sagt nichts, Latizia betrachtet ihn von der Seite. Vom ersten Moment an fand sie, dass er ein schöner Mann ist, mittlerweile liebt sie alles an ihm. Sie liebt seine wilden, dunklen Augen, die jetzt auf die Straße blicken, die dichten Wimpern, die so oft die Gefühle verschleiern, die Adán in sich trägt. Seine perfekte Nase und seine weichen Lippen, sein unwiderstehliches Lächeln, seine großen Hände, die so zärtlich zu ihr sind und seine Narbe. Doch ihr ist auch klar, diese kleine Narbe ist nichts im Gegensatz zu dem, was sie jetzt an sich trägt.

»Ich glaube nicht, dass du es wirklich verstanden hast.« Er hält schon wieder, erst denkt Latizia, es ist wegen des starken Regens, doch sie sind ganz alleine auf der Straße und halten am Rand. Adán stellt den Motor ab. Erst als sie sich genauer umsieht, erkennt sie, dass es hier war, ungefähr hier muss es passiert sein. Ihr Atem geht schneller, die Erinnerungen prasseln auf sie ein. Ein riesiger schwarzer Fleck hat die Straße verbrannt. Der Regen lässt langsam nach und sie sieht ihn immer deutlicher »Was ist da passiert?« Adán sieht auch zu der Stelle. »Hier habe ich das Auto verbrannt. Der Mann, der dich gefunden hat, hat mir beschrieben, wo er dich entdeckt hatte und ich habe das Auto dort verbrannt.«

Latizia starrt auf den Fleck. Adán steigt aus und kommt zu ihr. Er hält ihr die Hand hin, dass sie aussteigen soll, aber sie schüttelt den Kopf. »Ich denke nicht, dass es eine gute Idee ist. Ich kann das nicht.« Doch Adán hält ihr weiter die Hand hin und sie steigt aus. Noch immer prasseln Regentropfen auf sie nieder, als Adán sie zu der Stelle bringt, wo der schwarze Fleck ist. »Weißt du, woher ich wusste, dass es genau hier passiert ist? Weil auch so viele Tage danach noch ein großer Blutfleck zu sehen war, genau da, wo du aus dem Auto gestoßen wurdest. Er zeigt in den Wald. »Siehst du die gelben Bänder? Dort wurdest du gefunden.«

Latizia sieht auf die Stelle und verschränkt die Arme, doch Adán stellt sich genau vor sie und sieht sie eindringlich an. Ihn stören die Regentropfen nicht, er sieht ihr in die Augen. »Latizia, du solltest hier sterben. Als du gefunden wurdest, war nur noch ein Hauch von Leben in dir, deiner Familie wurde gesagt, dass sie sich langsam von dir verabschieden sollen.« Nun hat er Latizia so weit und sie beginnt zu weinen. Die Erinnerungen erdrücken sie, doch Adán stoppt nicht. Er sieht ihr in die Augen und seufzt leise auf.

»Ich habe damals meine ganze Familie verloren. Ich liebe Musa und meine Männer wie Brüder, aber ich behalte immer eine gewisse Distanz, weil ich denke, dass ich jeden verlieren werde, der mir mehr bedeutet. Dann kamst du, Latizia, ich habe mich vom ersten Moment an in dich verliebt und ich wollte es erst nicht glauben, doch dann habe ich es zugelassen. Es hat mir wehgetan, als du gegangen bist, ich war wütend, als ich die Wahrheit erfahren habe, doch das hat nie etwas an meinen Gefühlen geändert.

Ich war zwar wütend, doch als ich dich auf der Feier gesehen habe, war das alles schon fast wieder vergessen, du hast mir die ganze Zeit sehr gefehlt. Als du dann zu mir nach Hause gekommen bist, wollte ich dich einfach wieder in die Arme nehmen, doch ich war zu stolz und stur, aber auf der zweiten Feier bin ich eingebrochen. Als ich dich mit dem anderen Mann gesehen habe, bin ich innerlich ausgerastet. Ich wollte dir nicht hinterher gehen, um mit dir zu streiten. Ich wollte dich einfach von der Party zu mir bringen. Dich einfach bei mir haben, doch ich war noch zu sauer, sodass es wieder zum Streit gekommen ist. Ich habe dich in der Nacht angerufen, doch du bist nicht rangegangen.

Am nächsten Tag ist das hier passiert, doch ich wusste davon nichts und habe dich weiter probiert zu erreichen. Ich war dreimal vor deiner Uni und wollte dich unbedingt zurück in meinem Leben haben. Ich werde nie vergessen, was ich gefühlt habe, als Musa mir davon erzählt hat. Es war so wie ich es mir immer gedacht habe. Kaum liebe ich einen Menschen, geht er von mir, stirbt. Als Musa gesagt hat, dass du überlebt hast, aber nicht in Sicherheit bist und dass es vielleicht jemand von mir war, war mir alles egal, die Familias, mein Stolz, alles, ich wollte zu dir und dich schützen ... den Rest kennst du ja.

Wie kannst du dich jetzt hinstellen und sagen, du bist zum Teil gestorben? Du hast überlebt und nichts von dir ist gestorben, das musst du begreifen. Du musst verstehen, wie viel du uns allen bedeutest und wie wichtig es ist, dass es dir gut geht.«

Latizia hört seine Worte, doch die Bedeutung von ihnen spürt sie erst langsam in sich wachsen. »Als Bara mich im Auto hatte, hat sie mir gesagt, du hättest dich wegen mir verändert, dass du mich liebst.« Adán lächelt matt. »Zweifelst du wirklich noch daran?« Latizia weiß es nicht, sie weiß gar nichts mehr. Ihr ist bewusst, dass Adán solche Worte nicht oft sagt und wie bedeutsam sie deshalb sind.

»Ich bin nicht gestorben, aber ich fühle mich so ... als hätte sie trotzdem gewonnen. Besiegt, vielleicht trifft es das. Adán, ich habe noch nie einen Mann vor dir gehabt und so nah, wie ich dir gekommen bin, war ich noch niemandem. Weder körperlich noch vom Herzen her. Ich bin so anders als andere Frauen und jetzt habe ich auch noch diese Narben ...«

Adán stoppt sie. »Zeig sie mir!« Latizia und Adán sind beide nass und sie sieht ihn verwirrt an. »Latizia, vertrau mir, zeig sie mir.« Als sie wieder nicht reagiert, kommt er noch näher und hebt ihr Top an. Latizia schließt die Augen, da sie weiß, was er jetzt sieht. Jedes Mal, wenn sie jetzt die Augen schließt, hat sie diese Narben vor Augen und Baras irren Blick, als sie ihr diese zugefügt hat.

Dann spürt sie seine Finger an den Stellen, die sie nicht mehr sehen will. Wie schon beim ersten Mal im Wasser in seinem See brennt ihre Haut unter seinen Berührungen. »Guck mich an, Prinzessin.« Als Latizia die Augen wieder öffnet, sieht sie direkt in Adáns Augen. »Ich liebe dich und das ändert gar nichts daran, im Gegenteil, vielleicht liebe ich dich dafür noch mehr, weil du nicht gegangen bist. Du hast mich nicht verlassen, sondern überlebt, also bitte sage mir nie wieder, dass du aufgibst.« Es ist das erste Mal, dass er ihr richtig sagt, dass er sie liebt. Noch immer liegen seine Hände auf ihrer Haut. »Und du hast noch immer die schönste Porzellanhaut, die ich je gesehen habe.« Latizia lacht leise und er hebt die Augenbrauen. »Mach das nochmal, ich habe das schon zu lange nicht mehr so von dir gehört.«

Latizia lächelt und er küsst ihre Stirn. »Sieh uns an, sieh, wo du jetzt stehst, an der Stelle, die dein Tod sein sollte. Doch du lebst und ich bin hier bei dir, ich liebe dich mehr als irgendetwas anderes und du lachst. Sie hat nicht gewonnen, Prinzessin, du hast es.«

Latizia nickt und kuschelt sich an ihn. »Danke, dass du für mich da bist, das, was du mitmachst mit meiner Familie, alles … mein Vater hat immer zu mir gesagt, dass ich nur das Beste verdiene …« Adán nickt und Latizia nähert sich seinen Lippen. »Du bist das Beste für mich, Adán. Ich will nichts anderes, ich liebe dich.«

Adán legt seine Hand an ihre Wange und vereint ihre Lippen. Latizia schließt die Augen und umfasst seinen Nacken, schmiegt sich so eng an ihn wie es geht und seine Hand streicht über ihren Rücken, als er sich von ihr löst. Latizia hätte am liebsten laut protestiert, doch dann lächelt er und küsst sie sofort erneut.

In diesem Augenblick weiß sie, dass sie all das überwinden wird, für ihn, für ihre Familie, für ihre Zukunft. Als er sie so zärtlich hält, sie sich wieder nahe sind, weiß Latizia, sie werden eine Zukunft haben, sie glaubt fest daran.

Die warmen Strahlen der Sonne treffen auf sie, der Regen ist vorbei, es wird Zeit, wieder die Sonne in ihr Herz zu lassen.

Eine Woche später

»Musstest du mich dafür aussuchen?« Latizia nickt und lächelt ihren Vater an. Sie fahren in das Tijuas-Gebiet. Seit Adán ihr seine Liebe gestanden und gleichzeitig dafür gesorgt hat, dass sie endlich wieder anfängt für ihr Glück zu kämpfen, war Adán noch oft bei ihnen. Ihre Familie ist ihm dankbar, dass er sie aus ihrem Loch geholt hat, in das sie sich selbst eingegraben hatte. Niemand sagt mehr etwas, wenn er sie besuchen kommt. Mittlerweile heilen ihre Verletzungen immer besser, Latizia gewöhnt sich langsam an die Wunden, die Narben heilen gut ab und werden etwas blasser und kleiner.

Dania hat sich oft Zeit genommen und mit ihr geredet, wie sie mit ihren Narben lebt. Da ist Latizia bewusst geworden, wie viel Glück sie hat. Mit ihrer Familie, ihrem Leben und jetzt auch dem Mann, der ihr ständig Blumen bringt und dessen größtes Hobby es geworden ist, sie zum Lachen zu bringen. Die Freundin von Leandro und sie hat das zusammengebracht, was ihnen beiden angetan wurde.

Adán war oft bei ihr, trotzdem hatten sie nie Ruhe, deswegen hat sie heute morgen spontan beschlossen zu ihm zu fahren und bei ihm zu bleiben die nächsten Tage.

Latizia weiß, dass es ihren Vater viel Überwindung gekostet hat, nichts dazu zu sagen, doch sie weiß auch, dass er Adán mittlerweile vertraut und ihn auch mag. Deswegen war es wichtig, dass er sie bringt, dass er das erste Mal ins Tijuas-Gebiet fährt und sie zu Adán bringt, somit zeigt er Adán sein Vertrauen.

Wie immer steht ein Auto am Straßenrand, doch die Männer sehen nur zu ihnen, nicken und Latizia zeigt ihrem Vater, wo Adán lebt. Er ist erstaunt, was sich hier alles getan hat und sieht sich alles genau an.

Natürlich ist es ein Unterschied zu ihrem Haus, ihrer Gegend, doch das ist das letzte was Latizia interessiert, das weiß ihr Vater genau. Als sie vorfahren, kommt Adán aus dem Haus. Er war gestern den ganzen Tag unterwegs und sie haben sich nicht gesehen. Latizia vermisst ihn mittlerweile schon sehr schnell und es wird immer intensiver, alles zwischen ihnen wird intensiver.

Jedes Mal, wenn sie ihn sieht, beginnt ihr Herz schneller zu schlagen und Latizia fragt sich, ob sich das jemals ändern wird, sie hofft nicht. Ihr Vater hält. Heute war das erste Mal, dass sich Latizia vor den neu angebrachten Spiegeln wieder etwas mehr zurechtgemacht hat als die Tage davor, wo sie noch Schmerzen hatte und ihr vieles einfach zu sehr wehgetan hat. Heute hat sie sich die Haare geglättet und etwas geschminkt. Sie schiebt ihre Haare nach hinten auf den Rücken.

Latizia trägt ein schulterfreies weißes Kleid und Adáns Blick auf ihr, als sie aussteigt, zeigt, dass es ihm gefällt. Das Kleid ist so kurz, dass man beim Laufen hin und wieder einen Blick auf ihre Narbe am Oberschenkel werfen kann. Doch Adán hat die Tage darauf bestanden, ihre Wunden stets sehen zu können, sodass es sich für sie schon ganz natürlich anfühlt, sich ihm so zu zeigen.

Dania hat ihr geraten, von Anfang an nichts zu verstecken, sonst wird es ihr irgendwann zu schwer fallen, sich wieder damit zu zeigen. Auch die Freundin von Leandro trägt mittlerweile T-Shirts und Röcke. Latizia versteht erst jetzt, wie viel Überwindung sie das kostet.

Latizia dürfte wieder selbst Auto fahren, aber noch immer fühlt sie sich im Auto eingeengt und will es langsam angehen lassen, deswegen wird sie noch immer gefahren. Heute sollte es ihr Vater sein. Musa kommt auch aus Adáns Haus und zusammen begrüßen sie ihren Vater. Adán gibt Latizia einen Kuss, auch Musa gibt ihr einen auf die Wange. Zweimal hat Musa Adán begleitet, wenn es sich so ergeben hat und sie mag ihn mittlerweile. Dilara und er reden zwar nicht viel miteinander, aber manchmal sagen Blicke mehr als Worte. Zumindest kennen nun auch ihr Vater, Rodriguez und alle anderen Adáns wichtigsten Mann in der Tijuas Familia. Sie unterhalten sich kurz über eine Familia, die in den letzten Tagen zwei Geschäftskunden der Tijuas besucht hat. Musa fragt, ob sie die Familias kennen und als ihr Vater sagt, sie hätten auch vor einiger Zeit Probleme mit ihnen gehabt und er Leandro Bescheid gibt, damit die sich mal zusammensetzten und darüber austauschen, weiß Latizia, dass sich ihre Familien bald richtig miteinander verbünden werden.

Ihr Vater verabschiedet sich, da er noch etwas zu erledigen hat und ermahnt Adán auf seine Tochter aufzupassen. Außerdem erinnert er beide, dass sie am Samstag nicht das Abschiedsessen für Jennifer vergessen sollen, die wieder nach Schweden zurückfliegt. Latizia hat gestern den ganzen Nachmittag mit ihrer Tante verbracht, der es langsam wieder viel besser geht. Sie bleiben noch auf Adáns Veranda, bis er sich auch von Musa verabschiedet.

Dann bringt er Latizias Tasche hinein.

»Sind da Steine drin?« Latizia lacht. »Willst du etwa nicht, dass ich etwas bei dir bleibe?« Doch sobald sie die Tür öffnet, braucht sie keine Antwort mehr. Sie kennt Adáns Haus, es war immer alles da, aber lieblos und unpersönlich eingerichtet, jetzt sieht es etwas anders aus. Eine Schale mit Obst steht auf dem Tisch, eine Decke liegt auf der Couch, es gibt einen Teppich. Sie legt den Kopf schief und geht weiter in die Küche, die ganz so aussieht, als wäre eingekauft worden. Als sie dann ins Schlafzimmer kommt und auf seinem Bett komplett neue Kissen sieht, muss sie lachen.

»Wie hast du das gemacht?« Er lächelt und stellt ihre Tasche ab. »Ich wollte, dass du dich wohlfühlst, hier, bei mir ... uns. Da habe ich die Freundin von Sesar gebeten, ein paar, wie sie sagt, Dekosachen, die man zum Leben braucht, zu besorgen.« Latizia lacht und umarmt ihn glücklich. »Du bist ein Schatz, du brauchst dir nicht so viel Mühe zu geben.« Adán streicht über ihre Beine. »Für meine Prinzessin immer.« Latizia küsst ihn und ist überglücklich mit ihm zusammen zu sein.

Adáns Hand streicht bei ihrem Kuss weiter über ihre Beine, sie hatten nicht viel Möglichkeit, sich näher zu kommen. Umso mehr genießt Latizia jetzt, dass sie ungestört sind. Auch ihre Hand fährt unter sein Shirt, sie liebt seine Haut, seine Brust und seinen durchtrainierten Oberkörper. Adáns Hände fahren langsam immer höher, als er ihren Po unter dem Kleid in seine Hände nimmt, schmiegt sich Latizia enger an ihn.

Sie lösen sich voneinander und atmen beide schwerer, Adán lächelt und spielt mit ihren Haaren. »Hat das lange gedauert?« Latizia ist immer noch heiß und Adán umfasst noch immer ihren Po. Seine Finger berühren sie dabei so, dass sie ihn immer mehr möchte, deswegen nickt sie etwas irritiert. »Das tut mir jetzt leid.« Noch bevor sie reagieren kann, lässt er sie los und öffnet ihr Kleid. Als sie in Unterwäsche vor ihm steht, zieht er die Augenbrauen zusammen.

»Ich hätte nicht gedacht, dass du noch besser als an meinem Geburtstag aussehen könntest, aber das Rot steht dir.« Latizia streift ihre Schuhe ab. »Okay und was hat das jetzt mit meinen Haaren zu tun?« Adán grinst und mittlerweile kann sie das gut einschätzen und weicht zurück. »Was hast du vor?«

Latizia hätte sich die Frage sparen können, zwei Minuten später hat Adán sie in seinen See geführt. Allerdings stört es Latizia nicht weiter. Wenn sie an Adán gedacht hat, musste sie automatisch an diesen Ort denken und jetzt wieder hier zu sein, bedeutet ihr viel. Dieses Mal hat Latizia keine Scheu mehr und schmiegt sich eng an Adán, als sie zu ihrer Höhle gehen. Da Latizia immer noch nicht zu lange im Wasser sein soll, beeilt sich Adán und nennt Latizia wieder sein Klammeräffchen.

Latizia schreckt erneut auf, als der Wasserfall über sie einbricht für wenige Sekunden und öffnet die Augen erst am Eingang ihrer durch das Wasser versteckten Höhle. »Was …?« Latizia kann nicht glauben, was sie in der kleinen Höhle, die eigentlich ganz kahl war, entdeckt. Sie ist ausgelegt mit einer riesigen, weichen schwarzen Samtdecke, es steht ein Korb darin mit Getränken und Leckereien. Latizia krabbelt in die Höhle auf die Decke. Auch ein Handtuch ist da.

»Wie hast du das gemacht?« Wie hast du die trockene Decke hier hereinbekommen? Adán zwinkert ihr zu. »Das bleibt mein Geheimnis, komm her.« Er kommt ebenfalls in die Höhle, nimmt das Handtuch und tupft vorsichtig die Narben ab. Latizia kommen die Tränen in die Augen. Er ist so aufmerksam zu ihr, behandelt sie immer, als wäre sie das Wertvollste für ihn. Sie hätte niemals gedacht, jemals soviel für jemanden empfinden zu können wie für Adán. Sie stoppt ihn in seiner Bewegung und nimmt sein Gesicht in ihre Hände.

»Ich liebe dich.« Ohne eine Antwort abzuwarten, küsst sie ihn. Es ist soweit, Latizia möchte Adán noch näher sein, so eng mit ihm verbunden sein, wie es nur geht. Während des Kusses setzt sie sich auf seinen Schoß und öffnet ihren BH. Sie spürt, dass Adán bereit ist, aber sie weiß genau, dass er sie nicht drängen wird, im Gegenteil, sie spürt seine Bedenken weiter zu gehen, vielleicht weil er weiß, dass sie noch unerfahren ist.

Als sie den Kuss lösen, legt sich Latizia nach hinten auf die Samtdecke und Adán schaut auf sie hinab. Es ist perfekt, das Wasser des Wasserfalles bietet ihnen Schutz, das Vertraute in seinen Augen bietet ihr die Sicherheit, den letzten Schritt zu tun und sich vor seinen Augen ihren Slip vom Körper zu streifen. Adán rührt sich nicht, er blickt sie von oben an, dann lächelt er.

»Irgendetwas muss ich wohl richtig gemacht haben, dass ich so einen schönen Engel an meiner Seite haben darf.« Latizia lächelt und streckt die Arme nach ihm aus. Adán verwöhnt sie, er zeigt ihr diese neuen Gefühle, erkundet ihren Körper und ist jede Sekunde zärtlich zu ihr. Latizia lässt sich fallen und sie begibt sich komplett in seine Hände. Als er kurz davor ist, sie beide endlich komplett zu vereinen, atmen sie beide schneller. Es gibt nur sie in dieser kleiner versteckten Welt und die Liebe zwischen ihnen. Latizias Blick fällt auf sein Tattoo auf der Brust und Adán folgt ihrem Blick. Er nimmt ihre Hand in seine und führt sie an sein Herz, dort wo geschrieben steht 'Ich werde nie vergessen'.

»Ich werde nie vergessen, weder sie, noch dich, noch die Liebe, die ich für dich empfinde. Das schwöre ich dir, hörst du?« Latizia nickt. In dem Moment dringt er langsam in sie ein und alles, was sie sich immer vorgestellt hat, wie es ist, so mit ihm vereint zu sein, wird übertroffen. Es gibt nur sie beide, sie werden eins.

Latizia und Adán genießen sich die nächsten Stunden, die Nacht und den nächsten Vormittag. Sie brauchen diese Zeit für sich und niemand stört sie. Erst am Nachmittag kommen einige der Tijuas vorbei und sie beschließen zu grillen. Die Frau von diesem Sesar kommt auch. Zusammen mit ihr beginnt Latizia einige Salate zu machen, während die Männer am See den Grill aufbauen. Alle hier geben sich viel Mühe, dass sich Latizia wohlfühlt, nach allem was mit Bara passiert ist. Doch Latizia spürt das erste Mal richtig, wie schnell ihr ihre Familie fehlt. Sie ist es ja gewohnt, immer mit ihnen zu sein. Sie vermisst sie bereits jetzt schon.

Musa fährt los Getränke kaufen und Adán war gerade Kohle aus dem Schuppen holen, als er lächelnd zu ihr in die Küche kommt und ihren Nacken küsst. »Du bekommst Besuch, Prinzessin.« Latizia folgt ihm auf die Veranda und sieht zwei Wagen ankommen, der ihres Bruders und der von Dilara. Latizia strahlt übers ganze Gesicht, als Leandro, Dania, Sanchez, Celestine, Dilara, Miguel und Sami aussteigen.

Leandro ist als erstes bei ihr und küsst ihre Wange. »Papa ist etwas nervös zuhause und wir dachten, wir gucken mal, wie es dir hier so geht unter den Tijuas.« Er lacht und begrüßt Adán, die beide verstehen sich mittlerweile sehr gut, besonders Miguel mag Adán sehr. Alle kommen und Latizia sagt, dass sie genau richtig kommen, sie wollten gerade grillen. »Du hast gesagt, es ist hier ein ganz besonderer Teil von Sierra, wo ist es hier besonders?« Dilara sieht sich um und Latizia lacht. »Du hast da etwas noch nicht gesehen.«

Latizia bringt Dilara, Celestine und Dania nach hinten, wo sie erstaunt auf den See gucken, auch ihre Brüder und ihre Cousins, die ihnen mit Adán und Sesar folgen, sind überrascht. Keiner wusste von dem See. »Wow!« Dilara bekommt ihren Mund kaum zu und sieht sich weiter um. Sie sieht, dass etwas weiter weg, aber immer noch am See, gerade gebaut wird und grinst Adán an. »Du weißt, dass Latizia und ich unzertrennlich sind. Dieses Haus brauche ich, damit ich später auf eure Kinder aufpassen kann.« Adán lacht und zuckt die Schultern. »Kein Problem, Musa baut dort gerade sein Haus. Er kommt gleich. Du kannst ihn fragen, aber ich bezweifle, dass er etwas dagegen hat, wenn du bei ihm einziehst.«

Dilara sieht zu der Baustelle. »Niemals!« Die Männer lachen und gehen zum Grill, während Dilara und Dania ihre Schuhe abstreifen und mit den Beinen ins Wasser gehen. Celestine folgt ihnen auch, nachdem sie schnell auf der Toilette war. Latizia bekommt mit wie Leandro Adán fragt, ob viele seiner Männer kommen. Als er sagt, dass einige kommen werden, erklärt ihm Leandro, ihr Vater möchte, dass sich die Familias vermischen, sie sollen einige Geschäfte miteinander aufziehen, damit so eine Grundlage geschaffen wird, für eine Zukunft mit den Surenas, den Puntos und den Tijuas. Sie wollen das später alle zusammen besprechen.

Latizia ist glücklich, als sie sich umsieht. Als Musa zusammen mit zwei anderen Männern zu ihnen hinters Haus kommt, sieht sie den Blick, den Dilara und er sich zuwerfen, und in diesem Moment kommen ihr Bilder vor das innere Auge.

Sie sieht sich genau hier, wo sie jetzt steht, mit einem kleinen Jungen und einem kleinen Mädchen. Dania sitzt bei ihr, Dilara kommt schwanger aus dem Haus von Musa. Sie wird neben ihr leben, und in dem Moment kommen Adán und Leandro von einem gemeinsamen Geschäft zurück. Die Kinder rennen ihrem Vater und ihrem Onkel entgegen. Sie ist glücklich, Sierra ist wieder eins, die Tijuas und die Trez Surentos gehören zusammen, Latizia könnte nicht glücklicher sein.

So schnell wie diese Bilder vor ihr inneres Auge gekommen sind, so schnell sind sie wieder verschwunden. Latizia dreht sich um und blickt Adán in die Augen. »Alles in Ordnung?« Sie nickt, immer noch etwas verwirrt. »Ja, ich bin glücklich.« Latizia gibt ihm einen Kuss. »Ich liebe dich!« Adán küsst ihre Stirn. »Ich glaube, Liebe trifft nicht mal annähernd, was ich für dich empfinde.« Sie lächelt und blickt ihm nach, als er zu ihrem Bruder und den anderen zurückkehrt. Sie schlendert zu Celestine, Dania und Dilara, zieht ihre Schuhe aus und läuft auch zu ihnen ins Wasser.

Dilara legt ihren Arm um Latizias Hüften und sie legt den Kopf auf die Schulter ihrer Lieblingscousine. »Es ist wirklich schön hier und du bist glücklich, das ist die Hauptsache.« Latizia zeigt zum Himmel, wo die Sonne auf sie herunter lacht und gibt Dilara einen Kuss auf die Wange.

»Nach jedem Regen kommt auch wieder die Sonne und manchmal strahlt sie dann noch viel schöner als jemals zuvor.«

Stell dir vor, du erfährst, dass die Welt, die du eigentlich zu kennen vermagst, nicht das ist, was du all die Jahre dachtest. Wesen, Gefahren und Gefühle existieren, von denen du nicht einmal zu träumen gewagt hast ...

Hijas de la luna - Die Legende der Töchter des Mondes

... und dann erkennst du, dass du schon immer, ohne es zu wissen, ein Teil dieser Welt warst.

www.jaliahj.de

Herzlich Willkommen auf der Internetseite der Autorin Jaliah J.

Die Bücher

Gedanken, Trailer und Bilder der Leser zu den Büchern und Jaliah J.

Aktuelles und Kontakt zu Jaliah J.

Gästebuch

Kontakt

Jaliah J. ist eine junge Autorin, die mit ihrer Familie in Berlin lebt. Ihre Wurzeln sind in der ganzen Welt verstreut, doch ihr Herz schlägt für Puerto Rico.

Angefangen haben ihre ersten Schreibversuche in einigen Internetforen, wo sie schnell einige treue Leser ihrer Geschichten gefunden hat und es nicht mehr viele Schritte bis zum ersten Buch waren. Mittlerweile füllen viele Bücherregale die Werke der jungen Autorin und ihre Bücher sind regelmäßig in der Bestsellerliste von BOD vertreten.

Mit ihrer bekannten Llora por el amor – Reihe hat sie eine ganz neue Welt erschaffen, in die sich viele Hunderte junger Leser regelmäßig zurückziehen und alles um sich herum vergessen.

Es sind einige weitere Projekte geplant, so dass man auch in Zukunft noch viel von der jungen Autorin hören wird.

Tauchen auch sie ein in die faszinierende Bücherwelt von

Einige

www.jaliahj.de